C000084539

Moussa Konaté

L'EMPREINTE
DU RENARD

ROMAN

Fayard

TEXTE INTÉGRAL

ISBN 978-2-7578-0305-9
(ISBN 2-213-62682-0, 1ʳᵉ publication)

© Librairie Arthème Fayard, 2006

À Denis Douyon et Hassane Kansaye,
qui m'ont instruit
des coutumes et mystères
de leur terre natale.
Je leur dois notamment
l'idée du duel sur la falaise,
le choix de l'arme du crime
et les noms des personnages dogons.

CHAPITRE 1

Elle marchait à grandes enjambées, à travers ronces et épines, sans rien voir, sans rien entendre. Bien qu'il fût à peine dix heures, le soleil brûlait. Sur un terrain vague, des enfants jouaient au football dans un joyeux tohu-bohu. Elle avançait, parmi eux, au milieu des propos et des rires moqueurs que provoquaient les coups de pied ou de tête qu'elle donnait involontairement au ballon.

– Vive Yalèmo ! Vive Yalèmo ! scandaient ironiquement les sautereaux en s'esclaffant et en dansant autour de la jeune fille qui suait et soufflait. Or Yalèmo n'entendait ni ne voyait toujours rien. Elle franchit l'aire de jeu, s'engagea dans la ruelle menant au village, dont on pouvait apercevoir encore les toits de chaume.

– Yalèmo ! Hé, Yalèmo !

Un enfant courait derrière elle en l'appelant à tue-tête, d'une petite voix éraillée qui devenait à peine audible quand l'enfant la forçait.

– Yalèmo ! Yalèmo ! Attends-moi !

Mais elle continuait sa course. On eût même dit qu'elle pressait davantage le pas. Pourtant, l'enfant réussit à la rejoindre. Il lui tira un pan du pagne en l'appelant de nouveau. Yalèmo se retourna et, sans regarder le garçon, lui asséna une gifle sonore : il tituba, tenta de rester debout, mais finit par s'affaler dans la poussière du sentier. Yalèmo n'eut pas un seul regard pour lui et continua son chemin.

– C'est moi, Diginè. Je voulais simplement te dire qu'on a retrouvé ta chèvre. Pourquoi m'as-tu giflé ?

Yalèmo était déjà loin. Diginè se releva, lui lança des pierres, en vain, car la jeune femme descendait la pente qui la menait au village et l'enfant ne la distinguait plus qu'à peine.

– Que Lèbè te maudisse, Yalèmo, qu'il fasse pousser des cornes de vache sur ta tête de grenouille enrhumée ! se vengea Diginè qui, avec des gestes rageurs, finit par rejoindre ses camarades.

Yalèmo entra au village. Son pagne mal noué frou-froutait et, à chaque pas, ses sandales en plastique claquaient contre la plante de ses pieds couverts de poussière. De la salive était amassée aux coins de ses lèvres. Elle respirait bruyamment, la bouche ouverte, tout en s'essuyant, de temps en temps, d'un geste brusque, le front ruisselant de sueur. Elle chemina ainsi à travers les ruelles du village sans prêter attention à ceux qu'elle rencontrait. À présent, elle marmonnait. Et, comme si son objectif se rapprochait, elle se mit à courir. Peu après, elle s'engouffra dans la maison paternelle.

– Yalèmo ! Hé, Yalèmo, qu'y a-t-il ? lui demanda sa mère qui, assise devant la cuisine, rafistolait une calebasse.

Yalèmo ne lui répondit pas. Elle se dirigea vers son frère Yadjè. Celui-ci, un jeune homme svelte et charmant, se tenait à l'ombre de sa case, sur un escabeau, et raccommodait des filets de pêche. À peine avait-il relevé la tête en entendant les cris de sa mère que sa sœur lui agrippa le bras.

– Yadjè, le soleil s'est levé en pleine nuit ! Je le jure sur Lèbè ! dit-elle.

– Ferme ta bouche de malheur, fille sans vergogne ! hurla la mère. Comment oses-tu parler comme ça ?

– Je jure que le soleil s'est levé en pleine nuit, insista la jeune femme. C'est pour notre honte, mon frère.

– Que se passe-t-il, Yalèmo ? demanda calmement le garçon tout en se libérant de sa sœur.

– Suis-moi et tu le sauras.

– Qu'est-ce que tu manigances encore, maudite ? éclata la mère en marchant vivement vers sa fille. Laisse Yadjè tranquille !

– Mère, c'est notre affaire à nous. Ne t'en mêle pas, répliqua Yalèmo.

La mère s'empara prestement d'un pilon et fonça sur Yalèmo. Yadjè s'interposa entre les deux femmes. Il prit doucement mais fermement l'ustensile des mains de sa mère qui, de colère, haletait :

– Laisse-moi lui casser sa tête de chienne !

– Non, mère, arrête, dit le garçon.

– Elle est maudite, cette Yalèmo, continua la mère, que Yadjè empêchait d'avancer vers la fille. C'est toujours comme ça, elle va faire des histoires dehors et c'est à toi qu'elle vient demander secours. Laisse-moi lui casser la tête et je serai tranquille.

Yadjè entraîna sa mère vers la cuisine, l'aida à s'asseoir sur son escabeau. La femme se tut aussitôt et se prit la tête à deux mains.

Yadjè rejoignit sa sœur.

– Yalèmo, dis-moi ce qui se passe, demanda-t-il.

– Je te dis que le soleil s'est levé en pleine nuit.

– Et sur qui le soleil s'est-il levé, ma sœur ?

– Sur toi et sur notre famille. Viens avec moi, Yadjè.

Le garçon dévisagea sa sœur, ramassa son couteau qui traînait dans la poussière, le remit dans son fourreau, puis lui dit :

– Je te suis.

C'est à ce moment que la mère éclata en sanglots.

– Le malheur va tomber sur nous bientôt. Cette maudite fille va nous apporter le malheur, se lamentait-elle.

Le garçon voulut s'approcher d'elle, mais sa sœur l'en dissuada en le tirant rudement par un pan de sa chemise. Peu après, ils s'élancèrent côte à côte sur le sentier qui serpentait entre les cases.

Yadjè était bien soucieux. Il regardait droit devant lui, le front plissé, les dents serrées. La sueur commençait à perler sur son front. Sa sœur, au contraire, semblait sourire. Certes, elle marchait toujours aussi vite, obligeant son frère à l'imiter, mais c'était plutôt parce que, comme un enfant, elle se réjouissait d'avance de voir se concrétiser sous peu une promesse qui lui avait été faite.

Chassés par l'ardeur belliqueuse du soleil, les enfants avaient déserté le terrain de foot que les deux jeunes gens traversaient. Une vache et quelques moutons tentaient de brouter les rares herbes qui avaient résisté aux pieds des footballeurs. Yalèmo accéléra de nouveau le pas, laissant légèrement en retrait son frère, qui, de sa langue, s'humectait les lèvres.

Quelques dizaines de mètres encore et la jeune femme immobilisa Yadjè en étendant le bras comme une barrière.

– C'est là, chuchota-t-elle en haletant, les yeux rivés sur une hutte à moitié dissimulée dans un bois.

– Je ne vois rien, répondit d'une voix hachée Yadjè, dont le cœur battait à tout rompre.

Yalèmo tira son frère et l'obligea à se cacher derrière un arbre. Ils restèrent ainsi quelques instants. Alors un jeune homme sortit de la hutte en rajustant son pantalon. Yadjè se raidit. Peu après, une fille apparut, s'y prenant à plusieurs fois avant de réussir à nouer son pagne de façon convenable. Yalèmo, une lueur de triomphe dans les yeux, regarda son frère qui tremblait et respirait bruyamment, la bouche ouverte.

– Le soleil est haut dans le ciel, constata banalement la fille, il faut que je rentre vite, Nèmègo.

Nèmègo, son compagnon, s'avança vers elle et lui prit la main.

– On se revoit quand, Yakoromo ?

Celle-ci sourit : elle était belle comme une sculpture, avec de grands yeux rieurs, des seins au galbe parfait, une croupe aguicheuse. Il se dégageait de son corps une sensualité irrésistible qui pétrifiait Nèmègo, submergé par une bouffée de chaleur. Il tenta de prendre dans ses bras la fille, qui esquiva le geste en riant. Ayant perdu tout contrôle de lui-même, le garçon ahanait, décidé à parvenir à ses fins.

– Arrête, Nèmègo, sinon tu ne me reverras plus, le menaça la belle Yakoromo.

L'amoureux fou recouvra aussitôt ses esprits et demanda de nouveau la date du prochain rendez-vous.

– Dans une semaine, au même moment, ici, répondit la fille en souriant.

À présent, ils pouvaient se séparer et rentrer chacun de son côté au village. Revenus enfin sur terre, ils regardèrent comme instinctivement sur leur gauche, où se tenaient à découvert Yalèmo et Yadjè.

Yakoromo écarquilla les yeux, poussa un cri bref, puis demanda :

– C'est bien toi, Yadjè ?

– Pute pourrie ! hurla Yalèmo en se ruant sur Yakoromo.

Cette dernière détala aussitôt. Yalèmo se lança à ses trousses en l'abreuvant de grossièretés. Plus agile, Yakoromo allait échapper définitivement à la rage de sa poursuivante quand elle trébucha et tomba. Yalèmo se jeta sur elle, lui tira les tresses, la roua de coups. Yakoromo parvint à désarçonner sa cavalière et s'enfuit si vite que Yalèmo ne songea même pas à la poursuivre. Elle se contenta de hurler :

– Je mettrai du piment dans ton devant, sale pute. Je t'enlèverai le goût de coucher avec les amis de ton fiancé !

Pendant ce temps, Yadjè et Nèmègo, à quelques pas l'un de l'autre, se regardaient, immobiles et muets. Yalèmo se planta devant Nèmègo, le toisa et dit :

– Toi, tu es le dernier des hommes. Tu couches avec la fiancée de ton ami. Maudit !

Elle cracha à la figure du pauvre garçon, qui ne prit même pas la peine de s'essuyer.

– Allons-nous-en, Yadjè ! ordonna-t-elle en tirant rudement la main de son frère, qui suivit le mouvement sans cesser de regarder son ami, figé, le crachat au front.

Entraîné par sa sœur, Yadjè se retourna plusieurs fois jusqu'à ce que le bois eût entièrement caché Nèmègo.

– Qu'est-ce que je t'avais dit ? Tu as vu maintenant, n'est-ce pas ?

Yadjè ne répondit pas.

– Qui aurait cru que Nèmègo te poignarderait dans le dos, Yadjè ?

Le garçon marchait, silencieux, comme hypnotisé.

– Tu es trop bon, mon frère. C'est pourquoi tout le monde te marche sur les pieds. Tu es un homme, tu ne dois pas écouter tout ce que te dit notre mère. Nèmègo n'est plus ton ami. Son affront doit être puni. Sinon tu resteras couvert de honte toute ta vie, et nous avec toi. Il l'aura voulu.

Le frère marchait, toujours muet, le corps ruisselant de sueur.

– Tu dois le défier sur la falaise. Il faut que tu le tues, Yadjè. Nèmègo ne mérite que la mort.

Yadjè sembla tout à coup revenir à la vie.

– C'est mon ami, Yalèmo, protesta-t-il.

– Tu crois que Nèmègo est encore ton ami ? Après ce qu'il t'a fait ! s'indigna la sœur.

– Yalèmo ! cria soudain une voix d'enfant.

La fille se tourna vers l'endroit d'où provenait l'appel. Elle eut juste le temps d'apercevoir la frêle silhouette de Diginè et, aussitôt, une pierre la frappa au front. Yalèmo poussa un cri et porta la main à la

18

petite bosse qui se mit à saigner légèrement, le garçon étant trop loin pour que le projectile ait pu provoquer un grand dommage. Alors, recouvrant son droit d'aînesse, Yadjè dissuada sa petite sœur de se lancer à la poursuite de Diginè, qui, d'ailleurs, était à présent hors de portée.

CHAPITRE 2

La mère ne dit mot en voyant les enfants rentrer. Suivant le mouvement de l'ombre, elle s'était déplacée seulement de quelques pas sur la droite, toujours devant la cuisine. Elle dit à Yadjè :

– Ton oncle t'attend.

– Où ? interrogea le garçon préoccupé.

– Dans ta case, se contenta de répondre la mère, énigmatique.

Elle se tourna vers Yalèmo qui entrait dans la cuisine et lui dit :

– Ton tour viendra. Pour toi, je n'existe pas, mais tu seras bien obligée d'écouter ton oncle.

Effectivement, Kansaye, l'oncle, attendait dans la case. Yadjè le salua avec déférence et s'assit sur un escabeau, au pied du vieil homme installé sur le lit de bambou, vêtu d'un boubou et coiffé d'un bonnet de cotonnade, tous deux teints au *bogolan*. Par moment, il s'éventait ou chassait les mouches avec une queue de vache. Son visage émacié, sa barbichette pointue, ses petits yeux mobiles et ses sourcils touffus lui donnaient un drôle d'air.

– Yadjè, ta mère est venue me voir pour se plaindre de ta sœur qui lui rend la vie pénible. Je lui ai répondu que tu étais un homme à présent. Mon grand frère, ton père, est mort il y a douze ans. C'est donc toi le chef de famille, malgré ton âge. Moi, je n'attends plus que ma fin. Je n'ai pas de garçon, tu sais. À ma mort, tu auras mes enfants sous ta responsabilité. Tu ne peux pas faire autrement : c'est le destin. Il faut donc que tu sois fort. Je vous ai vus naître, ta sœur et toi. Je sais que vous êtes attachés l'un à l'autre, mais, elle, elle est appelée à vivre dans la maison de son mari, alors que toi, tu seras jusqu'à ta mort un chef de famille. C'est une autre femme qui finira sa vie dans ta maison et pas le contraire. C'est la femme qui donne naissance à l'homme, mais elle n'en sera jamais pour autant un homme. Ta mère, malgré tout, ne sera jamais qu'une femme. Elle ne voit pas de mal à pleurer en public. Toi, tu ne feras jamais ça, n'est-ce pas, mon enfant ?

– Je ne le ferai pas, répondit le jeune homme.

– Viendra le moment où tu seras obligé de prendre ta mère par la main, comme une enfant, car la femme est la seule créature sur terre qui donne naissance à son père. Souviens-toi de ce que je te dis aujourd'hui, Yadjè.

– Je m'en souviendrai, mon oncle.

– Je vais faire venir ta sœur et tu lui diras quel est le

devoir d'une fille envers sa mère. Moi, je t'écouterai et je t'appuierai. C'est tout. Mais avant, dis-moi ce qui s'est passé.

– Ma sœur est rentrée et m'a demandé de la suivre.

– Pourquoi ?

– Parce qu'elle pensait que j'avais été offensé.

– Ensuite ?

– Ma mère a voulu s'y opposer. Mais ma sœur a insisté et nous sommes sortis ensemble.

– Dis-moi, Yadjè, crois-tu avoir eu raison de suivre ta sœur en désobéissant à ta mère ?

– Non, mon oncle. Seulement, ma sœur n'a pas voulu me dire qui m'avait déshonoré. Il me fallait la suivre pour savoir.

– Sais-tu maintenant qui t'a déshonoré ?

– Oui, mon oncle.

– Qui ?

Yadjè ouvrit la bouche mais se ravisa. L'oncle se redressa. Ses petits yeux clignèrent, puis regardèrent fixement son neveu, à ses pieds.

– Yadjè, dis-moi qui t'a déshonoré.

Sa voix avait perdu de sa douceur. Ce n'était plus une invitation, mais un ordre. Le garçon baissa la tête et murmura :

– Nèmègo.

– Nèmègo ! s'exclama l'oncle. Ton ami Nèmègo ? Et que t'a-t-il fait ?

Le jeune homme se tut de nouveau et baissa la tête. Il sentait sur lui le regard du vieillard, aussi fut-il obligé de lâcher :

– C'est avec ma fiancée, Yakoromo.

La nouvelle stupéfia le vieillard. Il brandit son chasse-mouches comme un parapluie.

– Nèmègo a osé toucher à la fiancée de son ami ! tonna-t-il.

Puis il se tut et demeura figé, le regard rivé sur son neveu qui baissait les yeux. De rage, sans doute, des gouttes de sueur perlèrent sur son front ridé. Sa voix se fit saccadée.

– Que vas-tu donc faire, Yadjè ?

– C'est mon ami, hasarda le neveu.

Alors le tonnerre éclata. Le vieillard cracha sur le jeune homme.

– Bon à rien ! C'est comme ça que tu honores la mémoire de ton père ? Quelqu'un de ton âge te prend ta fiancée et tu lui pardonnes ! Tu n'as donc pas de cœur ?

– Ce n'est pas ça, mon oncle, répondit Yadjè. Je réfléchis.

– Tu n'as pas besoin de réfléchir. Bientôt, tu seras la risée du village, et la famille de mon frère aussi. Ça, je ne le permettrai jamais. Tu es un Dogono, Yadjè, et tu dois le prouver. Défie Nèmègo sur la falaise et tue-le ! Je te l'ordonne. M'entends-tu ?

– Oui, mon oncle.

– Va appeler ta mère et ta sœur !

Yadjè sortit et revint peu après, suivi des deux femmes. Celles-ci s'accroupirent devant le vieillard, qui dit d'une voix mauvaise :

– Nèmègo a sali l'honneur de Yadjè en touchant à Yakoromo. Yadjè le défiera sur la falaise et le tuera demain. Vous pouvez partir.

Yalèmo fut la première à quitter la case, toute radieuse.

Sa mère, au contraire, s'assit à même le sol et commença à se lamenter.

– Je savais que tout ça allait mal finir. Yalèmo, pourquoi as-tu apporté le malheur dans notre maison ? Mon fils, mon unique fils…

– Ferme-la ! tonna le vieillard. Es-tu une Dogono ou une chienne ? C'est donc ainsi que tu honores la mémoire de feu mon frère en faisant de son fils un lâche ? Si tu fais reculer Yadjè, que notre ancêtre Lèbè te maudisse à jamais. Lève-toi et sors d'ici !

La femme s'exécuta sans protester. L'oncle et son neveu se levèrent. Le vieillard dit seulement :

– Yadjè, c'est pour demain, et il s'en alla.

*   *

*

Yadjè franchit le seuil de la concession, bifurqua aussitôt et se faufila entre les cases comme s'il s'enfuyait.

S'il avait seulement regardé derrière lui, il aurait aperçu sa mère qui se hâtait, elle aussi, mais dans une autre direction.

La lune cheminait, ronde et éclatante, dans un ciel sans nuage. Quelquefois, on entendait des rires et des chants d'enfants vite étouffés, le cri de quelque oiseau nocturne niché dans les falaises. Puis le silence retombait sur le village.

Yadjè arriva dans une clairière. À quelques dizaines de pas devant lui se tenait une silhouette qui lui tournait le dos. Il hésita imperceptiblement, ralentit sa marche, le regard fixé sur l'ombre. Celle-ci se retourna en entendant les bruits de pas.

– Je te salue, Yadjè, dit une voix émue.

– Je te salue, Nèmègo, répondit Yadjè dans un souffle.

Ils demeurèrent muets de longues minutes, l'un en face de l'autre, sans oser se regarder vraiment. Dans la lumière de la lune, on eût dit deux statues de bois.

– Il faut que je te parle de ce qui s'est passé ce matin, Yadjè. J'ai tellement honte que j'ai envie de m'enfoncer sous la terre.

Yadjè ne répondit pas. Il humecta seulement ses lèvres desséchées. Il semblait ne rien comprendre à ce que disait son ami. Car Nèmègo était bien son ami, son « véritable ami ». Chez les Dogonos ou Dogons, l'amitié est sacrée. Elle lie deux hommes depuis leur

26

plus tendre enfance jusqu'à leur mort. L'ami, c'est le confident absolu, le plus-que-frère. L'acte de Nèmègo était une forfaiture qui avait assommé Yadjè. Que faire, que dire quand le monde s'écroule ?

– Je ne suis plus digne d'être ton ami. Tu m'as consolé, tu m'as aidé quand je souffrais, sans rien me demander en retour. C'est moi qui accompagnais ta fiancée pour que vous puissiez vous rencontrer discrètement. Je meurs de honte, Yadjè.

Les fiançailles sont aussi sacrées que l'amitié. Elles se nouent depuis que les enfants sont au berceau, selon la volonté de leurs parents. Qu'est-ce qu'une vie d'homme, sans ami ni fiancée ?

Yadjè s'assit sur une pierre, Nèmègo resta debout et dit :

– Je n'accuse pas Yakoromo, ne l'accuse pas, toi non plus. Le seul fautif, c'est moi. J'aurais dû être le plus fort.

Yadjè ne parlait pas. Il regardait, droit devant lui, quelque chose dans la nuit. Nèmègo finit par se laisser tomber sur la pierre, tout près de son ami.

– Yadjè, dit-il, tu dois te venger, il faut que je sois puni.

Yadjè sembla s'animer un peu. Il leva la tête vers son ami et le regarda longuement.

– Je dois être puni, insista Nèmègo. Il faut que tu te décides.

– J'ai décidé, Nèmègo, répondit enfin Yadjè, posément.

– Ah !

– Oui, car il y va de notre honneur à tous les deux, de l'honneur de nos familles. Nous irons sur la falaise, demain, après la foire.

– Il faut que tu me tues, Yadjè.

– Non, l'un de nous mourra, c'est sûr, mais personne ne sait qui.

– Je veux dire que je te laisserai me tuer.

– Non, surtout pas ! protesta Yadjè. Ce sera un combat loyal. Si tu ne veux pas te battre, je ne me battrai pas non plus.

– Le fautif, c'est moi, c'est moi qui ne mérite pas de vivre.

– Nèmègo, s'il en est ainsi, pourquoi ne t'es-tu pas suicidé ? Toute faute se paie. Celle que tu as commise est la pire de toutes. Si tu n'avais pas été mon ami, c'est sur-le-champ que je me serais expliqué avec toi. Mais j'étais comme paralysé. Je ne pouvais pas croire ce que je voyais. Je ne pouvais même plus parler, tu sais. Si tu refuses de te battre, Nèmègo, la honte te suivra toute ta vie, et moi, tu m'auras détruit pour toujours. Au nom de notre amitié, demain, bats-toi.

Nèmègo accusa le coup. Il baissa la tête, et ses yeux s'emplirent de larmes.

– Alors faisons un pacte, proposa-t-il. Si je te tue, je me tue, et quand nous serons chez notre ancêtre Lèbè, tu ne m'en voudras pas. Si tu me tues, au contraire, tu vivras ta vie, comme si un chien était mort. Peux-tu me promettre ça, Yadjè ? Au nom de notre amitié.

La réponse de Yadjè fut plutôt surprenante.

– Pourquoi as-tu donc agi comme ça, Nèmègo ? demanda-t-il.

L'ami se redressa, ne sachant trop que dire.

Il y a dix-huit ans, peut-être un peu plus, peut-être un peu moins, en début d'après-midi, Yadjè arrive chez Nèmègo. Ils ne sont encore que des enfants. Yadjè, qui cache quelque chose sous son boubou, s'arrête derrière la clôture, hèle Nèmègo et l'entraîne dans la brousse.

Loin du village, les garçons s'abritent derrière un buisson. Yadjè sort de sous son boubou une poule au cou tordu. Nèmègo lui demande, incrédule, d'où elle vient. L'autre répond qu'elle appartient à son père. Nèmègo est inquiet, mais Yadjè tente de le rassurer : personne n'en saura rien. Il a déjà fait du feu avec des branches mortes, à l'aide des allumettes qu'il a tirées de sa poche. Bientôt un fumet fort appétissant s'élève et embaume les alentours. Sans tarder, les deux compères mangent à belles dents, si bien que Nèmègo se mord à la fois la langue et les lèvres. Il hurle. Yadjè éclate de rire si fort qu'il avale un morceau de poulet de travers. Il s'étouffe, hoquette, se frappe le dos et la poitrine, supplie son ami de lui venir en aide. À son tour, Nèmègo rit à s'en décrocher la mâchoire et, quand il peut enfin respirer, son camarade aussi rit jusqu'aux larmes.

Mais les deux garçons ne se rendent pas compte que, debout derrière eux, un adulte les observe. En voyant les plumes, les pattes et la tête de la poule, il a compris. Revenus de leur folie, Yadjè et Nèmègo se figent de peur. L'adulte les conduit au village. On découvre que c'était une poule du père de Nèmègo.

Pour un Dogon, voler, même quand on est un enfant, même si ce n'est qu'une poule, c'est le pire des péchés. Nèmègo s'accuse du crime. Il garde encore les cicatrices que lui a laissées la lanière de son père. Mais jamais il n'est revenu sur sa parole. Yadjè lui dira plus tard : « Je n'oublierai jamais ton geste. Je te suis redevable pour toujours. » Désormais, plus rien ne peut les séparer. Ils sont devenus comme le symbole de la vraie amitié telle que la conçoivent les Dogons. Mais la tentation de la chair est venue, et le diable s'en est mêlé.

Nèmègo ne dit rien. Comment expliquer l'inexplicable ?

– Ne pense surtout pas que tu me dois quelque chose, Yadjè, laissa-t-il tomber.

– C'est la faute de Yakoromo, affirma Yadjè. C'est elle qui mérite la mort.

– Non, non, protesta vigoureusement son ami, Yakoromo n'est coupable de rien : le seul fautif, c'est moi.

– Alors il faut que tu acceptes de te battre.

– Je me battrai si tu veux, mais épargne Yakoromo. Au nom de notre amitié.

– C'est bien. Nous nous retrouverons donc sur la falaise demain, après la foire, conclut Yadjè. Quoi qu'il arrive, sache que tu es mon ami, Nèmègo, pour toujours.

Nèmègo, les yeux emplis de larmes, opina du chef. Côte à côte, fantômes muets dans la pâle clarté de la lune, ils reprirent le chemin du village.

À peine Yadjè était-il rentré dans sa case que sa mère franchissait à son tour le seuil de la concession et s'enfermait dans la sienne.

Le lendemain, jeudi, avant le lever du soleil, la mère avait emprunté le chemin dit « le sentier des renards ». Au bas d'un coteau se trouvait la « maison de la divination », où deux hommes accroupis – des devins – observaient attentivement des figures rectangulaires ornées de bâtonnets et de signes, dessinées dans un carré de terre sablonneuse. En fait, les devins avaient pris soin, l'après-midi précédent, de parsemer le lieu de graines d'arachide dont raffolent les renards. Ceux-ci, en marchant la nuit à la recherche de leur nourriture, font tomber les bâtonnets, dont les différentes positions finales sont considérées comme des messages qu'interprètent les sorciers. Après des salutations qui n'en finissaient pas, la mère s'accroupit à son tour. Tous trois demeurèrent ainsi quelques interminables minutes, pendant lesquelles les deux devins devisaient à voix basse. L'un d'eux, qui portait une besace en bandoulière, finit par lever les yeux vers la mère qui frissonna. L'homme avait une face de chat, avec des yeux jaunes en amande, un petit nez retroussé, des moustaches de gendarme, de petites dents pointues et un corps abondamment poilu. Il se nommait Kodjo, mais, pour tout le village, il était le « Chat ».

– Comme tu le vois, les renards ont parlé, dit-il à la mère.

– Qu'Amma soit loué, se contenta de répondre la femme d'une voix dans laquelle l'appréhension était perceptible.

– Hier soir, continua le Chat, tu voulais que j'interroge les renards sur le sort prochain de ta famille, n'est-ce pas ?

– C'est la vérité, oui, confirma la mère.

– Eh bien, j'ai écrit tes questions sur la tablette que voici. Les renards y ont répondu hier soir. Tout ce que je vais dire, je le tiens d'eux, ce sont eux les vrais devins, car Amma parle à travers leurs empreintes.

L'angoisse de la pauvre femme avait atteint une telle intensité qu'elle ne pouvait plus que hocher la tête, incapable de détacher ses yeux de ceux de son interlocuteur si singulier.

– Alors, voici ce que les renards ont répondu : la paix quittera cette maison pour longtemps. À sa place, il y aura du sang, beaucoup de sang. Ce sang se répandra dans tout le village. Tout cela durera longtemps.

Le compagnon du Chat hochait la tête sans arrêt tout en suivant du doigt, sur la tablette, les messages écrits par les empreintes des renards.

– Voilà, conclut froidement le Chat, c'est ce que disent les renards.

La mère murmurait des propos inaudibles, ses lèvres s'agitaient frénétiquement. Peut-être priait-elle. Soudain, sans dire un mot, elle se leva et, de toute la force de ses maigres jambes flageolantes, s'enfuit vers le village sous le regard médusé des devins.

Chapitre 3

Dans ce pays rocailleux et tourmenté, entre plaines, falaises et plateaux, Pigui est un village dogon parmi d'autres. Ses cases et ses greniers de terre s'accrochent miraculeusement au flanc de l'immense falaise qui caractérise la région dogon. Ibi, Banani, Neni, Ireli, Yaye, Tireli, une multitude de hameaux qui semblent là depuis l'éternité, qui sommeillent, hors du temps. Il y a aussi Komokani, Dyeli, Ynebere, Guimini, Kassongo, imprudemment assis au flanc de la falaise ou blottis entre deux ou trois énormes rochers, dans la plaine ou sur le plateau. Ces terres arides, rocailleuses, ravinées, où tout porte l'empreinte d'une érosion sans fin, sont à l'image de la vie rude de leurs habitants. Ici, il n'y a que la sueur de l'homme pour faire verdir les rochers. Si, quelquefois, un marigot offre son eau, c'est juste pour assurer la survie. La nature n'écrase pas l'homme, elle le minimise. À première vue, comme Pigui, les villages dogons paraissent inhabités, semblables à des sites préhistoriques récemment mis au jour. Tout est couleur de terre : les rochers, les habitations et les hommes. Et, comme il y a peu d'âmes, les humains se confondent avec les rochers et les demeures.

Il arrive qu'une mosquée ou une église de ciment détonne dans cet univers tellement uniforme, mais on sent qu'elles attendent un dieu qui n'est pas d'ici, car le dieu des Dogons n'a besoin ni de mosquée ni d'église. C'est Amma et il vit en chaque chose, dans chaque objet sculpté, dans l'âme de chaque Dogon. Il n'exige ni ors ni apparat : juste un simple autel de terre et de pierre. Depuis sept cents ans que, fuyant des peuples belliqueux, la petite communauté dogon a trouvé refuge en ces lieux si peu hospitaliers, Amma n'a cessé de veiller sur elle. L'ineffable impression de paix des temps premiers, ressentie par l'étranger qui pénètre au pays des Dogons, est la quiétude qui naît de l'harmonie entre Amma et ses créatures. Depuis que l'ancêtre Lèbè s'est transformé en serpent et a rendu les hommes mortels, tout Dogon sait que l'homme n'est rien sans Amma.

Les vieillards le répètent à satiété lorsque, réunis sous le *togouna*, autour du Hogon, le chef spirituel, ils réfléchissent au sort du peuple des Dogons et décident de sa vie quotidienne.

*   *

*

La foire hebdomadaire s'achevait. Le soleil n'était pas encore parvenu au-dessus des têtes, mais déjà, il tapait rudement. Le vieil oncle pénétra dans la maison, s'arrêta aussitôt et cria de toute l'intensité de sa voix fluette :

– Yadjè, le moment est arrivé !

Le neveu apparut, les traits marqués par l'insomnie, et se dirigea vers le vieillard.

– Bonjour mon oncle, salua-t-il.

– Le moment est venu, fut la seule réponse de l'oncle, qui rebroussa chemin aussitôt, suivi du jeune homme.

Au même moment, Yalèmo sortit de sa case et, à distance respectueuse, emboîta le pas aux hommes.

À présent, l'oncle et le neveu marchaient côte à côte.

– Tu ne pouvais pas te dérober, Yadjè, expliqua le vieillard. Nous, les Dogonos, nous ne pardonnons jamais de tels actes. Nèmègo nous a déclaré la guerre. Je sais que c'était ton ami, mais il s'est conduit comme un chien. Tu es Yadjè, le fils aîné de mon frère. Tu ne peux pas reculer.

Toujours suivis de Yalèmo, ils parvinrent au pied de la falaise. Il y avait là une sorte de table de pierre suspendue au-dessus du vide et soutenue seulement par une extrémité enfoncée sous un amas de rochers. Au-dessous, comme jaillissant d'immenses gueules de dinosaures, une multitude de pointes attendaient l'imprudent. Car tomber sur ces remparts, c'était mourir déchiqueté, à coup sûr.

L'oncle se tourna vers son neveu et, d'une voix étrangement douce et émue, lui dit :

– Amma et nos ancêtres veillent sur toi. Tu n'as rien à craindre, parce que tu n'as pas tort. Va, mon enfant.

– Tu es mon frère, Yadjè. Amma veille sur toi, dit Yalèmo en prenant la main du garçon.

Aussitôt deux longs filets de larmes coulèrent de ses yeux, mais elle ne les essuya point.

Déjà, Yadjè grimpait sur la table de la mort. Il s'y arrêta et regarda non pas le gouffre, mais le village. Il était tellement serein en apparence que son oncle esquissa un bref sourire.

– Tue-le, Yadjè : c'est un chien, l'encouragea sa sœur.

Des dizaines de forains, qui avaient aperçu le jeune homme, comprirent et affluèrent. Peu après, Nèmègo arriva à son tour, accompagné de son copain Antandou. Il avançait d'un pas mécanique, les yeux rivés sur Yadjè, au sommet du rocher, n'entendant même pas Yalèmo qui lui lançait sans discontinuer :

– Le chien est venu.

La foule des badauds grossissait, muette mais agitée, formant un arc de cercle au pied de l'arène de pierre. L'oncle marcha sur Nèmègo et lui cracha au visage.

– Chien ! lui cria-t-il.

Une lueur de douleur traversa le regard du jeune homme qui grimpa sur la table et se retrouva face à Yadjè. Les deux amis demeurèrent immobiles à deux pas l'un de l'autre, au milieu d'un grand silence. Au-dessus de leurs têtes, deux oiseaux noirs passaient et repassaient sans arrêt en poussant de petits cris perçants.

Dans le silence lugubre, la voix de Yalèmo retentit :

– Yadjè, c'est un chien qui est devant toi : tue-le !

Alors Yadjè se métamorphosa. Il se rua avec rage sur son ami, qui, comme malgré lui, dut bander ses muscles pour résister à cette furie meurtrière. Agrippés l'un à l'autre, les deux amis luttaient féro-cement. Yadjè paraissait le plus déterminé, tandis que Nèmègo, lui, donnait l'impression de vouloir simplement éviter la mort. Cependant, quand il fut entraîné au bord du précipice par son adversaire, il ne dut son salut qu'à un vigoureux mouvement des reins qui le ramena au milieu de l'arène. Il commença alors à se battre avec hargne. La lutte se déroula au milieu de la table, tant les forces se neutralisaient, jusqu'au moment où, en dépit de toute règle, les coups de poing et de pied se mirent à fuser. Soudain, Nèmègo reçut un tel coup sur le crâne qu'il tomba sur le rebord de la table de pierre, et seule son agilité hors du commun lui permit de se remettre sur ses jambes. Les deux amis continuèrent donc à se cogner l'un l'autre. Le visage de Yadjè s'ensanglanta.

– Yadjè, tue ce chien ! l'exhortait sa sœur en bran-dissant le poing.

Le soleil, maintenant au zénith, écrasait le monde de ses rayons ardents. Au-dessus des lutteurs en sueur, seul un oiseau continuait sa ronde lugubre.

Curieusement, les forces de Nèmègo faiblirent. On eût dit qu'il ne voulait plus se battre. Les coups pleuvaient sur lui sans qu'il se défendît vraiment. Et même il ne tarda pas à s'arrêter.

– Bats-toi, chien ! lui lança Yadjè qui, fou de rage, se rua sur lui et le bouscula pour le faire tomber dans le gouffre.

Nèmègo tomba, effectivement, mais c'est Yadjè qui, emporté par son élan, bascula dans le vide. Comme un seul homme, la foule des spectateurs poussa un cri, et quelques imprudents avancèrent jusqu'au bord du précipice où seule la tête du jeune homme était visible. En titubant, Nèmègo s'immobilisa au bord de la table de pierre, les yeux fixés dans le néant, comme hypnotisé.

Quelqu'un hurla dans son dos « Chien ! », mais il ne l'entendit pas. C'était Yalèmo qui se précipitait sur lui. Sans comprendre ce qui lui arrivait, le garçon, solidement agrippé par la sœur de son ami, fut projeté dans le vide. Les deux jeunes gens tournoyèrent un moment avant de s'écraser sur les rochers. Dans la foule, ce fut un tohu-bohu.

Le Chat, qui avait dévalé la pente abrupte à la vitesse de l'éclair, remontait déjà la dépouille de Yadjè. Tenant le corps d'une main, de l'autre, il s'accrochait aux aspérités de la falaise et avançait comme un félin. Quand il eut déposé la dépouille du garçon, il descendit de nouveau dans le précipice et ramena tour à tour Yalèmo et Nèmègo. Miraculeusement, ce dernier vivait encore. Il hurlait de douleur lorsqu'on lui touchait le dos, mais il était lucide et ne paraissait pas atteint mortellement.

La foule qui entourait les morts et le blessé s'ouvrit devant la mère de Yadjè et de Yalèmo, qui marchait d'un pas saccadé, telle un automate. Elle s'accroupit devant les cadavres de ses enfants sans dire un mot, caressant tantôt l'un, tantôt l'autre.

– Je savais que la mort frapperait notre maison, je le savais. Le renard me l'avait dit, murmurait-elle de sa petite voix chagrinée, au milieu de la foule immobile. Quand vous verrez votre père là-bas, dites-lui que je me porte bien et que je vous rejoindrai bientôt, ajouta-t-elle en caressant les corps étendus.

Derrière elle, l'oncle s'appuyait sur sa canne, la bouche ouverte et les lèvres tremblantes.

*   *

*

Le lendemain, au moment où la lumière du soleil naissant commençait à éclairer la falaise, quelque part dans le village, une femme poussa un hurlement de douleur que l'écho répercuta à l'infini. C'était la mère

41

de Nèmègo. Elle venait de découvrir le corps inanimé de son fils, enflé comme une baudruche géante, un filet de sang noir coagulé au coin des lèvres.

Peu après, une autre plainte lugubre retentit ailleurs. À son tour, la mère d'Antandou, l'ami de Nèmègo, découvrait le cadavre démesurément enflé de son enfant, un filet de sang noir aux lèvres.

Chapitre 4

Le commissaire Habib habitait un de ces nouveaux quartiers situés à la périphérie de Bamako. Ce sont, le plus souvent, d'anciens villages vendus pour quelques bouchées de pain par leurs natifs à des sociétés immobilières. À la place des cases, celles-ci ont construit des maisons basses, dotées d'un minimum de confort : électricité, eau courante, toilettes et douche moderne. Mais, qu'on ne s'y trompe pas, ce n'est pas du tout le grand luxe. Le toit de tôle, étouffant en période caniculaire, et le sol de ciment sont de règle. Les rues demeurent en terre et deviennent boueuses pendant la saison des pluies. Les mauvaises herbes envahissent les lieux, offrant aux mouches et aux moustiques un abri inespéré.

Malgré leur standing, somme toute ordinaire, ces nouveaux quartiers ne sont pas à la portée du Malien moyen. Ici vivent les cadres de l'administration publique et les jeunes hommes d'affaires.

Habib avait installé ses pénates dans un de ces lieux depuis presque deux décennies déjà, alors que, jeune fonctionnaire de police sans affectation précise, il travaillait à la direction de l'Antidrogue.

Ce matin-là, à 8 h 30, le commissaire essayait vainement de faire démarrer sa 309 depuis plus d'une demi-heure déjà. Le moteur pétaradait, explosait, emplissait le garage d'une fumée noirâtre, mais ne voulait rien savoir. De guerre lasse, le commissaire Habib se résigna à appeler son fidèle inspecteur Sosso à la rescousse.

En passant par le salon pour aller dans sa chambre, Habib dut se plier à la volonté de son garçon de six ans, Oumar, qui essayait de déchiffrer le texte d'une annonce publicitaire et sollicitait son aide. Quand son papa l'eut aidé et fut entré dans la chambre, Oumar courut rejoindre sous la véranda, sa mère, Haby, une petite femme boulotte, institutrice vieillissante et bavarde que son mari n'appelait plus que « la mère Haby ».

– Maman, dit le garçon avec gravité, tu sais, la situation de papa devient de plus en plus grave.

– Ça veut dire quoi, ça, Oumar ? demanda la mère, intriguée.

– Tu sais, il ne sait même plus lire : il confond le « c » et le « o ». C'est grave, ça. Très grave.

La mère se renversa sur sa chaise et partit d'un énorme éclat de rire qui attira son époux.

– Répète ce que tu m'as dit, dit-elle à l'enfant entre deux rires.

L'enfant regarda son père droit dans les yeux et laissa tomber :

– Papa, ton cas devient très grave, parce que tu ne sais même plus lire.

– Qu'est-ce que tu veux dire, Oumar ? demanda Habib en fronçant les sourcils.

– Tu confonds le « c » et le « o », répondit crânement l'enfant.

– Et comment le sais-tu ? interrogea le père.

– Tout de suite, je t'ai dit de lire le journal pour moi, tu as dit « c » au lieu de « o ».

– Ah ! Oui, s'exclama Habib, c'est comme ça, Oumar. Eh bien, attends.

Il donna au garçon un journal qui traînait sur la tablette, puis il lui fit porter ses lunettes et lui dit :

– Maintenant, montre-moi le « o ».

Oumar voyait tellement gros qu'il posa le doigt non pas sur le journal, mais sur la tablette. Haby était pliée en deux de rire. Habib rit aussi en reprenant ses lunettes. L'enfant fut tout confus quand son père lui montra sa bévue et jura qu'il avait bien posé le doigt sur le « o ». C'est à cet instant que l'inspecteur Sosso entra et salua.

– Comme tu le vois, lui expliqua son chef, la mère Haby est entrée en transe.

Sosso se laissa gagner par la bonne humeur et ajouta son rire aigu à celui de l'épouse. Quand Habib, le silence revenu, put enfin expliquer la déconvenue d'Oumar, Sosso souleva ce dernier et lui demanda :

– Alors, général Oumar, on confond le journal et la table maintenant ?

– Tout ça, c'est la faute de papa, se défendit Oumar, il mélange tout.

– Bon, Sosso, on s'en va ! ordonna Habib, au milieu des rires.

Sosso salua Haby, caressa la tête d'Oumar et suivit son patron qui se dirigeait vers le portail.

– Chef, dit l'inspecteur, je vais quand même jeter un coup d'œil à votre voiture.

Les deux policiers entrèrent dans le garage. Sosso fit tourner le moteur qui explosa et libéra un énorme nuage de fumée noirâtre dont le commissaire et son adjoint se hâtèrent de s'éloigner en toussant rageusement.

– Tu sais, Sosso, se moqua Haby, la voiture de ton patron a l'âge de notre premier enfant : dix-huit ans. Elle est à l'image de son maître. Un peu fatiguée.

– Bien sûr, répliqua Habib, puisque c'est la mémé Haby qui le dit !

Juste à ce moment, sortie de son sommeil, apparut la dernière-née, le « chaton » comme l'avait surnommée Oumar. Et le chaton avait entouré sa maigre poitrine avec le soutien-gorge de sa maman et sa tête avec un slip de son papa. Devant ce spectacle, Haby se renversa de nouveau sur sa chaise et hurla de rire pendant que, sans demander son reste, Habib se dirigeait vers le portail, suivi d'un Sosso hilare.

Peu après, les policiers s'installèrent dans la 4 x 4 de la Brigade criminelle, qui démarra.

*   *

*

– C'est toujours comme ça quand on s'avise de faire des enfants à cinquante ans, ronchonna le commissaire. J'espère que tu ne feras pas la même bêtise que moi, Sosso.

– Pourtant, je trouve ça amusant, chef. Moi, je passerais toute la journée à rire.

– Oh, ne t'y trompe pas, Sosso : je les adore, mes enfants ; mais ils sont tellement difficiles à tenir parfois ! Tu verras, Sosso, tu verras.

– Vous devriez acheter une nouvelle voiture, chef, se risqua Sosso sans transition.

– Parce que la mienne a le même âge que mon premier enfant, n'est-ce pas, Sosso ?

– Pas du tout, chef, je veux seulement dire que l'état des routes abîme rapidement les voitures et…

– Allons, Sosso, ne fais pas l'ignorant. Tu sais ce que je gagne. Si je voulais m'acheter ne serait-ce qu'une bonne voiture d'occasion, il faudrait que j'économise au moins une année de salaire. Comment font les autres ? Je ne sais pas et je ne veux pas savoir.

La 4 x 4 quitta la rue poussiéreuse et s'engagea sur une de ces nouvelles artères qui devaient rendre la circulation plus rationnelle, mais dont la largeur incitait plutôt à doubler dans tous les sens. Sans doute à la poursuite d'un contrevenant, une moto de la police passait, toutes sirènes hurlantes. Habib demanda à Sosso d'un air désabusé :

– C'est quoi cette histoire-là ?

– Probablement un chauffeur de taxi qui n'a pas obéi à une injonction, expliqua l'inspecteur.

– De toute façon, conclut Habib, ils ne sont bons qu'à courir après les taxis. Si c'est pas malheureux !

À mesure qu'ils approchaient du centre-ville, la circulation devenait de plus en plus dense.

– Je vais passer par le pont Fahd, chef, suggéra Sosso, sinon nous risquons de ne pas arriver au bureau de sitôt.

– Vas-y donc.

Or, sur deux kilomètres avant le pont, des files de voitures, de motos et de vélos étaient immobilisées dans un nuage de fumée blanchâtre et un vacarme assourdissant. Sosso pesta. Le commissaire le regarda en souriant et se moqua :

– Tu as joué, tu as perdu, jeune homme. Sois beau joueur.

Sosso se détendit et préféra se diriger vers le second pont, celui dit des Martyrs. Hélas, le spectacle n'y était pas plus rassurant. Toutefois, un agent de police, ayant reconnu le chef de la Brigade criminelle, interrompit le flot de véhicules et permit ainsi à la 4 x 4 de rejoindre le milieu de la file qui s'écoulait lentement vers la rive gauche du fleuve Niger. Alors arriva ce qui ne devrait jamais arriver à un tel moment : le moteur de la 4 x 4 hoqueta, s'éteignit et refusa de redémarrer.

– La panne sèche, chef, expliqua laconiquement Sosso à Habib qui, sous le coup de la surprise, demeura bouche bée quelques secondes.

– Tu sais bien que j'ai horreur des pannes d'essence, Sosso, vociféra-t-il. Comment as-tu pu faire ça ? Hein ?

Surtout ne jamais crâner en pareil cas, l'inspecteur avait retenu la leçon.

– Chef, excusez-moi, mais la prochaine dotation, c'est lundi. C'est ce que m'a dit l'intendant.

– Ah bon ? commença le commissaire, dont la voix fut couverte par les vociférations d'un automobiliste qui accompagnait ses protestations de vigoureux coups de klaxon.

Aussitôt, ce fut un concert monstre.

– Foutez le camp ! cria quelqu'un en tapant du poing sur le capot de la 4 x 4.

Une figure ronde et bien grasse se pencha par la portière et laissa tomber à l'adresse du commissaire :

– Hé, vieux, tu n'as même plus de quoi acheter un litre d'essence, toi ?

Habib suffoquait. Sosso entreprit de pousser le véhicule. Des gamins se portèrent à son secours. Sous les quolibets, l'inspecteur parvint à faire franchir ainsi le pont au commissaire, figé dans la 4 x 4, et à garer le véhicule sur un petit espace vert. Il distribua de la menue monnaie aux enfants et, sans oser regarder son chef, prit un bidon et courut vers la station d'essence toute proche. Des mendiants quémandèrent l'aumône au sombre occupant de la 4 x 4 qui ne prit même pas la peine de leur répondre. Puis ce fut le tour des petits marchands ambulants de proposer leur camelote à Habib, absent. Il y en eut même qui poussèrent l'impertinence jusqu'à lui mettre leur pacotille sous le nez. Habib se contenta de les écarter fermement de la main.

– Il est muet, remarqua un des enfants.

– On dirait même qu'il ne comprend rien, laissa tomber un autre.

Sosso revint, muni de son précieux bidon d'essence, dont il vida le contenu dans le réservoir de la 4 x 4. Il s'assit au volant et, sans un mot, démarra. À côté de lui, le commissaire demeurait muet. L'inspecteur savait que la foudre allait bientôt tomber. À la Brigade criminelle, on connaissait bien les humeurs du chef et on s'en méfiait. En fait, le commissaire était plus rassurant quand il parlait que quand il se taisait. Sosso n'était pas dupe : la moindre erreur de sa part lui attirerait les foudres de son chef. C'est pourquoi il conduisit avec une prudence de vieillard, évitant de regarder du côté de son passager. Après encore quelques minutes de ce silence pesant, l'inspecteur gara la 4 x 4 devant la Brigade criminelle. Et tandis que le commissaire regagnait son bureau, raide et à grands pas, Sosso le suivit à distance en traînant les pieds.

*   *

*

Une fois dans son bureau, le premier geste du commissaire fut d'appeler l'intendant. Ce dernier, un petit homme obèse à la lèvre ornée d'une imposante moustache, ne tarda pas à se présenter.

– Alors, Ballo, comme ça, tu as inventé les voitures qui roulent à l'eau ! dit Habib.

– Pardon, chef, mais je ne comprend pas bien, répondit le bonhomme.

– Je te demande si tu as inventé des voitures qui n'ont pas besoin d'essence pour rouler. Comme la 4 x 4. Elle est tombée en panne d'essence. Sur le pont !

– C'est dommage, chef, s'excusa maladroitement l'intendant.

– Et c'est tout ce que ça te fait ?

– Pardon, chef, mais j'ai pas bien compris.

Sous l'effet de la colère, les yeux du commissaire Habib disparurent dans leurs orbites et ses traits se durcirent à tel point qu'on avait de la peine à le reconnaître.

– Ça suffit, hurla-t-il. Tu te moques de moi ? Je te dis que la 4 x 4 est tombée en panne d'essence sur le pont et tout ce que tu trouves à me dire, c'est pardon ! Qui est-ce qui distribue l'essence ? Ce n'est pas toi ? Pourquoi n'en as-tu pas prévu suffisamment ?

Le pauvre Ballo demeurait immobile et bouche bée, comme un enfant. Il répondit d'une voix indéfinissable dans laquelle la révolte le disputait à la crainte.

– Pardon, chef, mais j'exécute le budget du ministère. Si je fais autrement, c'est la catastrophe.

Habib le regarda longuement et sa colère tomba.

– Va, lui ordonna-t-il.

– Merci, chef, murmura l'intendant.

Le commissaire se leva et s'arrêta devant la fenêtre. Il était mal à l'aise. Ballo n'était effectivement responsable de sa mésaventure en aucune façon. Il l'avait malmené parce qu'il était le chef, et qu'il lui fallait passer sa colère sur quelqu'un. Il soupira.

Le fleuve Niger était là, égal à lui-même, mais un peu plus boueux que d'habitude. La saison sèche avait jauni l'herbe qui, en hivernage, verdissait le rivage. Au loin, quelques pirogues glissaient sur l'eau, petites choses noires dont se jouaient les rayons du soleil.

« L'essence, c'est quand même le minimum pour travailler », pensait le commissaire. Il y avait des jours où il se disait que tout effort était inutile, que sa seule volonté ne suffisait pas. Il y avait tant d'obstacles quotidiens à franchir, tant d'imprévus, qu'il fallait avoir la foi pour ne pas baisser les bras. Chaque jour, faire des miracles avec rien! Alors des moments de grande lassitude arrivaient où l'on se prenait à douter. Le commissaire soupira. Au loin, la foule grouillait. Et c'était chaque jour ainsi, malgré la misère, malgré les angoisses. Qu'est-ce qui leur donnait donc ce souffle, cette force d'avancer quand ils devraient se coucher? Oui, ils avançaient seulement, empruntant toujours le même chemin, comme une colonie de fourmis, jusqu'au jour où la mort les écraserait. Il faudrait donc vivre sans se poser de questions! Improviser à tout moment! Dans ces conditions, qu'est-ce qu'un chef peut exiger de ses collaborateurs sans paraître un bourreau?

Un groupe d'adolescentes passait devant la Brigade criminelle. Elles étaient vêtues de robes chatoyantes et de jupes courtes d'excellente coupe. À voir leurs manières villageoises et la qualité de leurs habits, on comprenait aisément : elles étaient parées de friperie. Il suffisait, pour s'en convaincre, de jeter un coup d'œil sur leurs chaussures, bien ordinaires, elles, et leurs sacs en matières synthétiques, qu'elles portaient en bandoulière. D'ailleurs, l'une d'entre elles dut se résoudre à marcher nus pieds quand les lanières de sa sandale se rompirent. Ses copines éclatèrent de rire. Habib sourit tristement.

L'inspecteur Sosso s'annonça et entra.

– Chef, pour l'essence, nous avons trouvé une solution. Ballo est très gêné.

– Je comprends, Sosso. Ce n'est pas sa faute. Laissons tomber.

CHAPITRE 5

Le téléphone sonna. Habib décrocha et s'exclama presque aussitôt :

– Issa ! Depuis quand es-tu de retour ?… Ah ! Bien… Bien. À tout à l'heure alors.

– Tu te souviens d'Issa ? demanda-t-il à Sosso.

– Le conseiller du ministre ?

– Oui. Il a besoin de nous. Allons-y.

*   *

*

– Tu sais, Sosso, commença le commissaire une fois que la 4 x 4 eut démarré, ce bonhomme-là… euh… J'ai encore oublié. Je vieillis, oh là là !

– Issa, l'aida l'inspecteur.

– Oui, Issa. C'est un promotionnaire de lycée. De sciences exactes. Médiocre et paresseux.

– Il est pourtant devenu conseiller du ministre de la Sécurité intérieure !

– Eh oui, Sosso, c'est aussi ça, la vie. Il payait pour pouvoir copier sur ses voisins. Ses parents avaient de l'argent. C'étaient des commerçants. Commerçants, un peu trafiquants aussi. En tout cas, il a tout acheté, jusqu'à son diplôme. Et comme son père est le gros bailleur de fonds du parti au pouvoir, il a en quelque sorte acheté aussi sa fonction de conseiller. L'argent, ce n'est pas rien, mon petit, par les temps qui courent. Si ce n'est pas malheureux...

– Pour moi et les autres fils de pauvres, c'est pas gai.

– Oui, mais attention, Sosso, pas de défaitisme : la vertu a encore un sens.

La 4 x 4 avançait lentement à cause des vélos et des mobylettes qui encombraient la chaussée. En pareille circonstance, il valait mieux redoubler de prudence, car les clignotants passaient inaperçus, et un accident était vite arrivé. Habilement, Sosso se libéra du flot pétaradant et ne tarda pas à se garer devant le ministère de la Sécurité intérieure. Après avoir franchi trois postes de contrôle, les deux policiers pénétrèrent dans le bureau du conseiller, un bel homme mûr au crâne dégarni, avec des lunettes cerclées d'or et portant costume et cravate.

– Habib le philosophe ! lança-t-il au commissaire en lui secouant vigoureusement la main.

Puis il éclata d'un grand rire en prenant son condisciple dans ses bras. Une fois l'euphorie apaisée, Habib put s'exprimer à son tour :

– Mon vieux, quand nous étions au lycée, tu disais qu'il n'y a que les affaires qui comptent. Et voilà que je te retrouve dans l'administration.

– Eh oui, Habib, concéda Issa en se dirigeant vers son bureau, on n'est pas maître de l'avenir. Je suis surpris, moi aussi, de te voir policier. Je pensais que tu serais prof ou philosophe, tu vois.

– Parfaitement, c'est la vie qui décide, conclut Habib qui ajouta en désignant l'inspecteur. C'est Sosso, mon collaborateur.

– Bien sûr, j'ai entendu parler de lui, mais je ne l'avais jamais vu. Enchanté, Sosso. Ainsi, j'ai l'honneur d'avoir les plus fins limiers de la Criminelle dans mon bureau. Asseyez-vous et dites-moi ce que je vous sers à boire.

Une fois chacun devant sa tasse de thé, servie par une jeune secrétaire fort parfumée, le conseiller technique dit :

– Tu sais, Habib, sans te flatter, si tous les policiers étaient comme ceux de la Brigade criminelle, notre pays serait dans la sécurité la plus totale.

– Je veux bien te croire, Issa, mais il est temps que l'État donne à la Brigade criminelle des moyens à la hauteur de sa mission. Il est incompréhensible que nous n'ayons pas suffisamment d'essence pour nos voitures. Incompréhensible et inadmissible. L'essence, c'est quand même le minimum.

– Comment, vous n'avez pas d'essence ? essaya de comprendre le conseiller.

– C'est comme je te le dis. Il y a à peine deux heures, notre voiture est tombée en panne sèche sur le pont. Tout simplement parce que notre dotation d'essence est insuffisante. Qu'on veuille faire des économies, ça peut se comprendre, mais pas sur l'essentiel quand même !

– Et tu t'en es plaint ?

– Bien sûr, c'est dans tous mes rapports ! Mais tout le monde s'en fout. Seulement, moi, je commence à en avoir vraiment marre.

– Écoute, Habib, je te jure que c'est la première fois que j'apprends ça. Compte sur moi pour en parler au ministre.

– Il ne suffit pas d'en parler, mon vieux. Si c'est pour qu'on me fasse des promesses sans suite, c'est inutile.

– Je suis toujours le même Issa, Habib. Donne-moi une semaine et tu verras.

– Très bien, conclut le commissaire. Je saurai si Issa est toujours Issa.

– Parfait, mon cher, conclut le conseiller à son tour. En fait, je t'ai appelé pour une raison précise, Habib. Normalement, c'est le directeur national de la police qui aurait dû te charger de cette mission, mais le ministre a décidé de le faire directement. En fait, entre nous, lui aussi a reçu des instructions pour que tout se passe comme ça. Donc, nous avons reçu des nouvelles inquiétantes de Pigui…

– C'est où, Pigui ? s'informa Habib.

– C'est dans la falaise de Bandiagara, un village habité par des Dogons, expliqua le conseiller avec un plaisir évident. C'est une petite commune qui n'existe comme telle que depuis deux ans. Nous avons reçu des nouvelles inquiétantes de Pigui.

– Par qui ?

– Par le maire de ladite commune.

– Entre nous, Issa, quelque chose m'étonne déjà : Pigui est un village. Il y a sans doute un commissariat de police ou une gendarmerie à proximité. Pourquoi les nouvelles inquiétantes dont tu parles n'ont-elles pas été relayées par ces canaux habituels ?

– Voilà, Habib, j'aurais dû commencer par là. En fait, cette commune est tenue par le parti au pouvoir, notre parti, le parti de la Rédemption africaine. Il lui a fallu batailler dur pour ça. Ce qui se passe à Pigui peut dégénérer et se répercuter sur toutes les communes du pays dogon, qui sont majoritairement de notre côté.

– Je commence à comprendre, dit Habib à son condisciple, continue.

– Un conseiller municipal de Pigui a été assassiné et trois autres sont menacés de l'être sous peu.

– Les menaces ont-elles été vraiment proférées ?

– C'est plus compliqué, Habib. Tu connais les Dogons, on n'est plus dans le rationnel, mais c'est sûr qu'une menace pèse réellement sur les autres.

– Et l'assassinat, dis-moi, est-il réel ou de l'ordre de l'irrationnel ?

– Écoute, le mieux, c'est d'entendre le maire de Pigui.

– Où est-il ?

– Ici, dit Issa en ouvrant la porte de la petite salle d'attente contiguë, dans laquelle un climatiseur en mauvais état paraissait s'emballer par moments en produisant un bruit assez désagréable.

Habib ne put s'empêcher de manifester sa surprise en apercevant le maire, qui, même revêtu d'un grand boubou gris de bonne coupe et d'un bonnet assorti, avait l'air d'un adolescent. Le conseiller fit les présentations. Le jeune homme salua respectueusement et prit place à la droite de Sosso.

– Monsieur le maire, demanda Habib en s'efforçant de paraître déférent, j'apprends qu'un conseiller municipal a été assassiné à Pigui. Par qui et comment ?

– Oui, Antandou a été assassiné, il y a deux jours. Son ami Nèmègo aussi. Mais je ne sais pas comment ni par qui.

– Attendez, monsieur le maire : où étiez-vous quand se déroulaient les événements ?

– À Pigui, bien sûr.

– Vous n'avez pas assisté aux meurtres, je suppose, alors qui vous a rapporté la nouvelle ?

– Personne en particulier. Tout le monde sait, à Pigui, qu'Antandou et Nèmègo ont été tués, mais personne ne connaît l'assassin ni la façon dont il a tué.

Habib commençait à perdre patience. L'inspecteur Sosso s'en aperçut et se hâta d'intervenir.

– Monsieur le maire, dit-il, il paraît que d'autres conseillers municipaux sont menacés de mort. Qui les menace ?

– Personne en particulier, répondit le maire, mais tout le monde sait qu'ils risquent leur vie.

– Et vous ? demanda Sosso.

– Moi aussi, certainement.

– Mais vous ne savez sans doute pas qui vous menace de mort ?

– C'est ça. Vous savez, chez nous les Dogons, ce n'est pas comme ici. On peut tuer sans être vu. Sans utiliser une arme.

Le silence s'installa dans le bureau. On entendait le climatiseur ronronner faiblement. Le commissaire, le sourcil froncé, dévisageait le jeune maire tandis que l'inspecteur se retenait de rire en imaginant les mots que son chef gardait pour lui. Quant au conseiller technique, il semblait visiblement troublé par le silence des policiers. Il finit d'ailleurs par hocher la tête continuellement, un petit sourire au coin des lèvres.

– Dites-moi, monsieur le maire, continua le commissaire, savez-vous quand les autres conseillers et vous-même devez être tués ?

À cette question plutôt sarcastique, le jeune homme répondit pourtant avec le plus grand sérieux :

– À tout moment.

– Et pourquoi est-ce qu'on vous en veut, à vous et à votre cabinet ?

– Je n'en sais vraiment rien.

– Est-ce que vous avez quelque chose à vous reprocher qui pourrait expliquer que quelqu'un vous en veuille ?

– Franchement, non.

– Et vous n'avez prévenu ni la police ni la gendarmerie ?

– Non.

– Pourquoi ?

– Parce que ça n'aurait servi à rien. Personne ne se serait mêlé de ça.

– Par peur d'être assassiné ?

– Peut-être. Je ne sais pas.

Il était évident que le maire en savait plus qu'il ne le laissait paraître. À le voir ainsi, dans son grand boubou, avec son bonnet et sa petite moustache ridicule, on eût dit un enfant à l'expression encore incertaine.

– Vous habitez à Pigui, je suppose, lui demanda Habib.

– Non, j'habite à Bandiagara.

– Je pensais que votre place, en tant que maire, était dans votre commune.

– Je comprends, mais je n'habite pas à Pigui.

Le commissaire se retint d'accabler le pauvre petit maire qui se rapetissait au fur et à mesure que se poursuivait une conversation qui ressemblait de plus en plus à un interrogatoire déguisé.

– Bon, soupira Habib en se tournant vers le conseiller, le moins qu'on puisse dire, c'est que cette affaire est étrange. Je suppose que le ministre veut que j'aille à Pigui pour voir ce qui s'est passé ou ce qui va se passer.

– Exactement ! convint le conseiller technique.

– Alors c'est bon. De toute façon, je n'ai pas le choix, n'est-ce pas ? Seulement, tu ne vas pas me demander d'aller au pays dogon avec mon tacot, et surtout avec la dotation d'essence de la Criminelle, j'espère.

– Rassure-toi, Habib, dit Issa, le ministre a ordonné que ta mission s'accomplisse dans les meilleures conditions. Tu auras ton ordre de mission en bonne et due forme et une 4 x 4 climatisée avec chauffeur. Et ne t'inquiète pas pour l'essence : j'en fais mon affaire. Tous les services de la région ont été informés de ta mission, police et gendarmerie, avec ordre de te prêter mainforte. À Mopti, c'est la police, et à Bandiagara, la gendarmerie. Tu verras, la gendarmerie de Bandiagara est tenue par un jeune homme, le lieutenant Diarra, que nous apprécions beaucoup. C'est d'ailleurs pour cela que son territoire est exceptionnellement important.

– Parfait, mon cher condisciple. Sosso et moi, nous irons à Pigui demain.

– Issa est toujours Issa, mon cher philosophe, lança le conseiller technique en éclatant de rire et en donnant des tapes amicales au commissaire qui en fit autant.

Après avoir salué le petit maire, qui déclara qu'il retournerait à Pigui le lendemain, les policiers prirent congé. Issa les accompagna jusqu'au portail, plaisanta encore avec son camarade, avant de regagner son bureau.

*   *

*

La 4 x 4 roulait en direction de la Brigade criminelle depuis quelque temps déjà quand Sosso remarqua :

– Il a pourtant l'air bien sympa, votre… Issa, chef.

– Bien sûr, Sosso. Il a toujours été comme ça, jovial, sympathique, dynamique. Un vrai séducteur. On ne peut pas dire le contraire. Et il est éloquent aussi. C'est sûr.

– Mais paresseux.

– Ben oui, on ne peut pas tout avoir.

Une charrette tirée par un cheval et chargée de briques et de sable bloquait les voitures. L'animal, effrayé, refusait d'avancer malgré les coups de fouet qui pleuvaient sur son dos. Les klaxons et les jurons commençaient à se faire entendre, un début de vacarme affolant pour le pauvre cheval. À la vue de deux agents de la circulation qui se dirigeaient vers lui avec des gestes menaçants, le propriétaire de la charrette préféra prendre la bride de l'animal et le conduire sur le terrain vague bordant la rue.

— Le pauvre homme, dit le commissaire en souriant tristement, il va payer cher l'humeur de son cheval.

La circulation se rétablit peu après et Sosso put rouler un peu plus vite.

— Je crois qu'on va bien s'amuser au pays dogon, ironisa le commissaire sans transition. Avec un adolescent comme maire, des assassinats sans auteur et sans arme, le tout dans un environnement irrationnel, c'est du plaisir.

— Absolument, chef, seulement, j'ai le sentiment que des détails manquent aussi bien dans les explications d'Issa que dans celles du maire. Tout ça est bizarre.

— Oui, Sosso, et ce qui va tout compliquer davantage, c'est l'intérêt des politiciens pour cette affaire. Il faudra surtout être prudents. De toute façon, il est hors de question que j'aille au pays dogon sans en avoir avisé mon supérieur.

— En tout cas, moi, chef, je suis content, parce que je n'aurai pas à conduire.

— C'est vrai, Sosso, nous serons de vrais rois. Une fois n'est pas coutume, conclut Habib en riant.

Cinq minutes plus tard, Sosso gara la 4 x 4 sur le parking de la Brigade criminelle.

CHAPITRE 6

La route qui mène à Mopti est sans doute une des plus passantes du pays. Elle relie Bamako à des villes dont l'importance économique est indéniable. En cette fin de saison sèche, la brousse était en grande partie jaunie, peuplée d'arbres squelettiques clairsemés.

Dans la 4 x 4 du ministère de la Sécurité intérieure, le commissaire Habib et l'inspecteur Sosso n'avaient aucune raison de se plaindre, car le conseiller technique avait tenu parole : le véhicule était plus que confortable. En revanche, le conseiller avait omis de dire à son condisciple que Samaké, le chauffeur, était d'une nature exceptionnelle. De petite taille, la figure ronde, le sommet du crâne orné d'une calvitie, le bonhomme respirait la joie. Il riait de tout et de rien, plaisantait avec tout le monde sans prêter aucune attention à la mine de ses interlocuteurs. Heureusement pour les policiers, il existait une parade à la loquacité extrême du chauffeur : Samaké parlait et comprenait à peine le français. En tout cas, sa conduite maîtrisée rassurait ses passagers.

– Dis-moi, Samaké, lui demanda le commissaire assis à l'avant, dans quelle ville es-tu né ?

– Je suis né à Mopti, mais mes parents ont fini par s'installer à San.

– Ils vivent actuellement à San ?

– Un de mes frères et sa famille, oui. Mes parents sont morts il y a très longtemps.

– Qu'Allah ait pitié de leur âme, compatit le commissaire de façon convenue.

– Amen, fit Samaké mécaniquement. Mon père était commerçant. Tout le monde le connaissait à Mopti. Il suffisait de prononcer son nom pour qu'aussitôt mille personnes t'indiquent notre maison. Mais c'était autrefois. Ses ennemis lui ont jeté un mauvais sort : il a tout perdu, l'argent et la santé. Il est devenu pratiquement aveugle. Alors nous sommes allés nous installer à San parce que c'est la ville d'origine de notre famille.

– Tu connais bien Mopti alors ?

– Bien sûr ! J'y ai vécu trente ans et j'y reviens au moins deux fois par an. Et toi ?

Sur le siège arrière, l'inspecteur Sosso se raidit en entendant le chauffeur parler à son chef d'une manière si familière. Certes, le vouvoiement n'existe pas en langue bambara, mais l'intonation y supplée largement.

« Sans aucun doute, pensa Sosso, Samaké ne sait pas qui est le passager assis à côté de lui. »

Pourtant, le commissaire ne sembla pas s'offusquer de la trop grande décontraction du chauffeur.

– Non, répondit-il, je connais peu cette ville.

– Tu y es né ?

– Non, mais j'y suis venu une ou deux fois, il y a longtemps. Ça fait quand même dix ans que je n'y suis pas retourné. Il paraît que la ville a changé.

– Tout y a changé, tout, même les moustiques.

– Tiens ! s'étonna Habib.

– Je te le jure, euh... Mais je ne t'ai même pas demandé ton nom, se souvint Samaké.

– Je m'appelle Habib Kéita.

– Oh là là, mais c'est mon « esclave » que je conduis ! Mon patron ne m'a pas dit ça, sinon, je t'aurais noyé dans le fleuve.

Puis il éclata de rire. Habib ne put s'empêcher de l'imiter, et même Sosso semblait moins indisposé par la faconde de Samaké.

– Et toi derrière ? demanda le chauffeur à l'inspecteur.

– Sosso Traoré, répondit ce dernier.

– Mais, constata le chauffeur, toi, tu portes le même nom que les moustiques ! Seigneur, le voyage va être pénible pour toi. Dès qu'un moustique de Mopti apprendra ton nom, ce sera la guerre. En un clin d'œil, tous les moustiques de Mopti vont venir avec leurs fusils et leurs bazookas. Guidiguidin ! Boum ! Guidiguidin !

Pire que la guerre mondiale. Venir au pays des mous-tiques quand on s'appelle moustique, quelle provo-cation ! Mon petit Traoré, tu verras de quel bois se chauffent les moustiques de Mopti quand on les provoque !

Le commissaire partit d'un long éclat de rire, après l'inspecteur qui se tordait déjà sur son siège. Le chauffeur lui-même caquetait par intermittence.

Les voyageurs atteignirent la ville de Ségou, capitale de l'ancien royaume des Bamanans ou Bambaras, avec ses maisons de terre au charme si caractéristique et son marché grouillant que signalaient, tout au long du chemin, les doubalens, arbres trapus au feuillage toujours vert. Au fur et à mesure qu'elle se rapprochait du centre-ville, la 4 x 4 avançait difficilement à cause du flot désordonné d'engins et de véhicules de toutes sortes.

– Tiens, on est chez toi, Sosso, constata Habib.

Son collaborateur acquiesça, avec une pointe de fierté dans la voix.

Les villages et les hameaux défilaient, s'étirant le long de la route qui constituait leur source de vie. Uniform-ément construites en terre, les habitations couvertes de paille ou de tôle paraissaient bien tristes, écrasées par le soleil de saison sèche, brunies par les tourbillons qui les enveloppaient par moments. Un troupeau de vaches traversait la route, au loin. Le chauffeur ralentit et lança quelques mots en peul au berger, qui, son bâton à l'épaule, prenait tout son temps et ne daigna même pas répondre. Il fallut attendre que les bovins fussent tous passés de leur train de sénateur pour que la 4 x 4 reprît sa course. Samaké lança encore un mot au berger, qui, cette fois-ci, répondit avec véhémence.

– Dis-moi, demanda le commissaire au chauffeur, tu les connais, les Dogons ?

– Personne ne peut jurer qu'il connaît les Dogons, répondit Samaké avec une gravité inhabituelle. Il y en a à Mopti et un peu partout dans la région, mais c'est surtout à Bandiagara et dans les villages voisins qu'ils vivent. Moi, je me méfie d'eux.

– Tiens ! Et pourquoi ? s'étonna le policier.

– Parce que ce sont des gens qui ont des pouvoirs de sorcier. Tu as vu leur façon de vivre dans les villages ? On se croirait au temps de nos ancêtres.

– Ils ne semblent pas malheureux, c'est l'essentiel. Rien ne prouve qu'ils voudraient vivre comme toi.

– Je sais, mais je veux dire que ce sont des gens d'un autre temps. Je les crains parce que je ne les comprends pas. Et avec tout ce qui se dit sur eux, il y a de quoi.

– Et qu'est-ce qu'on dit d'eux ? insista Habib.

– On dirait que tu mènes une enquête, comme si tu étais policier, lança la chauffeur en regardant le commissaire.

Cette fois, c'est Sosso qui hurla de rire en se laissant tomber sur le siège. Samaké ignorait sans doute la qualité des passagers qu'il conduisait, et cela promettait des moments fort joyeux.

– N'est-ce pas, mon ami le moustique ? demanda le chauffeur à l'inspecteur hilare.

Les trois hommes riaient comme des fous.

– Habibou, continua le chauffeur, les Dogons sont des sorciers. Ils sont capables de prédire l'avenir. Il suffit qu'ils aillent voir le renard, qu'ils appellent *Yourougou*, pour que celui-ci leur dévoile tous les secrets de la vie. Des hommes qui parlent avec des bêtes, as-tu jamais vu ça ? En tout cas, moi, je me méfie d'eux. Et si, par malheur, tu leur causes du tort, c'est fini pour toi : ils te tuent sans te toucher.

Le commissaire tendit l'oreille et, sur le siège arrière, l'inspecteur se redressa.

– Tu as connu un cas comme ça ? demanda Sosso.

– En pagaille ! affirma le chauffeur, sans doute sensible à l'attention qui s'était portée sur lui. Je connais des cas en pagaille. Il suffit qu'ils aillent se plaindre à leur dieu et celui-ci accomplit toutes leurs volontés. On ne peut pas savoir comment ils tuent, parce que ce sont des sorciers.

Samaké, en réalité, ne faisait que répéter des clichés. Le commissaire hocha la tête et devint pensif. Dans la voiture, le silence tomba. Depuis bientôt cinq heures qu'ils étaient partis de Bamako, les voyageurs commençaient à avoir faim. C'est pourquoi, en traversant un gros village, Habib demanda au chauffeur de se garer près d'une rôtisserie de viande de bœuf, dont il raffolait. Et c'est en mangeant que les trois voyageurs reprirent la route de Mopti. Un peu plus loin, Samaké dut freiner pour laisser passer un homme qui traversait la route suivi d'une meute de chiens.

– Pauvres bêtes, les plaignit le commissaire, elles sont si malingres. On dirait qu'elles n'ont pas mangé depuis plusieurs jours. Quel intérêt y a-t-il à posséder autant de chiens ?

Le commissaire s'était exprimé en français, et le chauffeur n'avait pas compris grand-chose, mais il crut deviner le malaise du policier.

– Ces chiens-là, expliqua-t-il, ce n'est pas pour garder sa maison, le bonhomme veut les vendre.

– Personne n'achètera jamais de tels chiens, protesta Habib.

– Oh si, Habibou, tu n'as pas compris : c'est pour les gens qui mangent les chiens.

Habib regarda le chauffeur comme s'il voyait un revenant. Samaké n'entendait pas s'arrêter là.

– Moi, je n'en ai jamais mangé, mais il paraît que c'est la meilleure des viandes, la viande de chien. On en fait même du rôti, comme celui que nous sommes en train de manger.

En apercevant dans le rétroviseur la mine horrifiée de son chef, qui cracha au loin la viande qu'il mâchait,

Sosso se masqua la bouche, mais ne put s'empêcher de pouffer.

– Oh, insista le chauffeur, on mange même de la viande d'âne dans cette région. Et même à Ségou, n'en déplaise au moustique. Entre nous, j'avoue que je ne sais pas comment on peut avaler de la viande de hi-han ! Bof !

– Chef, intervint Sosso à la vue de la mine déconfite du commissaire, la viande que nous mangeons, c'est vraiment du bœuf. N'est-ce pas, Samaké ?

– Bien sûr, ça, c'est de la viande de bœuf… ou de chèvre, mais pas de chien ni d'âne.

Le commissaire ne dit mot. Rompant le silence, le chauffeur se mit à psalmodier des versets du Coran. Le voyage continua ainsi jusqu'à San, où il fallut se reposer.

CHAPITRE 7

La presqu'île de Mopti ne se présenta que près de trois heures plus tard. Cette ville, enveloppée dans la lumière rougeoyante du soleil couchant et dans l'odeur de poisson, avec ses maisons de terre à étages, son fleuve sur lequel allaient et venaient des pirogues et des chalands aux inscriptions et appellations fort pittoresques, et sa foule bigarrée et grouillante, dégageait le charme des lieux uniques.

La 4 x 4 s'immobilisa devant le commissariat de police. Tandis que Samakè, qui, depuis belle lurette, sans doute sous l'effet de la fatigue, avait cessé de psalmodier des versets du Coran, somnolait, le commissaire et l'inspecteur pénétrèrent dans le bâtiment défraîchi, où les accueillit le commissaire Bâ. C'était un homme mince, presque maigre, aux traits et à l'accent peuls.

– Vous savez sans doute pourquoi je suis là, commissaire, commença Habib.

– Oui, la direction m'a prévenu de votre arrivée.

– Avez-vous des informations sur l'affaire de Pigui ?

– En vérité, je sais peu de chose. Normalement, c'est la gendarmerie de Bandiagara qui devrait s'occuper de cette affaire, mais, apparemment, elle ne sait pas grand-chose, elle non plus.

– Et c'est normal que personne ne sache rien ? s'étonna Habib.

Le commissaire Bâ fit la moue pour exprimer son embarras. Dans le bureau voisin, une voix de femme protestait avec véhémence, tandis que d'autres, mâles celles-là, tentaient de s'imposer. Par moment, un bruit sourd retentissait contre le mur de ciment.

– Vous savez, commissaire, se décida enfin à expliquer Bâ, c'est beaucoup plus compliqué que vous le pensez. J'ai été informé de façon non officielle de ce qui se serait passé à Pigui. Il semblerait qu'il y ait eu un duel suivi de deux morts, ou plutôt de trois. Le problème, c'est qu'il n'y a rien de rationnel ni dans la façon dont les événements sont relatés ni dans les faits mêmes. Vous savez, Pigui, comme tous les villages de cette zone, échappe à tout contrôle. Tout ce qui s'y passe reste dans le plus grand secret. Je doute que vous trouviez quelqu'un qui ose vous dire ce qu'il sait. C'est pourquoi, quand la direction nationale m'a demandé de vous apporter toute l'aide nécessaire, je me suis demandé de quelle aide…

– Si je vous comprends bien, commissaire, le coupa le chef de la Criminelle, Pigui et les villages dogons environnants sont des zones où le droit n'a pas cours ?

– Ce n'est pas aussi simple, se défendit le commissaire Bâ. Plus précisément, je veux dire que ces gens-là vivent dans un monde avec des règles propres, qui ne cadrent pas avec les nôtres. Croyez-moi, commissaire, ça fait vingt ans que je suis policier dans cette région, j'y suis né, mais pas une seule fois il ne m'est venu à l'esprit de chercher à savoir ce qui se passe à Pigui. Tout le pays connaît votre compétence, commissaire, mais cette mission va être difficile.

– Et comment devrais-je procéder d'après vous ? demanda Habib, que la franchise de son collègue perturbait tout de même un peu.

– C'est difficile à expliquer. Si je vous dis d'utiliser des méthodes non rationnelles, vous connaissant, je sais que vous allez me prendre pour un fou. L'avantage que j'ai sur vous, c'est que je suis né ici. Moi, j'aurais procédé autrement.

– Si je vous suis, vous seriez allé voir des marabouts pour qu'ils vous donnent la clé de l'énigme ? s'exclama Habib.

– Pas exactement, mais j'aurais procédé de la même manière que les Dogons.

– C'est-à-dire ?

– C'est-à-dire que je m'en serais remis à leurs devins.

Habib ne put s'empêcher de rire avant de dire :

– Et dans votre rapport, qu'auriez-vous écrit ? Que les devins dogons vous ont donné la solution ? Allons, commissaire, je comprends que la situation ne soit pas simple, mais je me vois mal demander à un devin de me donner un coup de main.

Le commissaire Bâ parut irrité par les propos du chef de la Brigade criminelle : ses traits fins se creusèrent et un petit éclair traversa son regard. Assis à la gauche de son supérieur, Sosso avait suivi l'entretien sans mot dire. Il avait très rapidement deviné que les deux hommes, ayant tous deux le défaut d'aller droit au but, auraient du mal à se faire des cadeaux. Aussi tenta-t-il d'éviter que la relation entre les policiers s'envenimât.

– Excusez-moi, commissaire Bâ, intervint-il, puis-je vous demander si vous connaissez le maire de Pigui ?

– Bien sûr, tout le monde le connaît, répondit Bâ, plus serein. Il s'appelle Dolo. Il est très connu à Bandiagara…

Dans le bureau voisin, les protestations s'étaient muées en cris perçants, et les murs tremblaient sous les coups. Bâ s'excusa et sortit.

– Il commençait à m'énerver, ce bonhomme, avoua Habib à Sosso. Heureusement que tu es là.

– Oui, chef. En un sens, vous vous ressemblez, chef, ajouta Sosso perfidement.

Habib n'eut pas le loisir de répondre, car le commissaire Bâ était de retour.

– C'est une hystérique qui est là chaque semaine, expliqua-t-il. Elle prétend qu'elle descend du prophète

Mohamed, à qui on ne peut rien refuser. Alors elle importune tout le monde. Impossible de l'interner : ça provoquerait une émeute, parce que la population croit qu'elle descend vraiment du prophète. Incroyable !

– Pourquoi l'arrêtez-vous alors ? se risqua Habib.

– Parce qu'elle trouble l'ordre public, répondit le commissaire Bâ avec emphase, les bras levés au ciel.

– Je n'aimerais pas être à votre place, dans cet univers irrationnel, plaisanta le chef de la Criminelle.

– Je comprends parfaitement, approuva Bâ. Nous étions en train de parler du maire de Pigui. En fait, c'est un tout jeune homme, trente, trente-deux, trente-cinq ans au maximum. Il s'appelle Dolo. Je l'aperçois de temps en temps dans les cérémonies officielles. Un flambeur, ça oui. En tout cas, très poli. N'importe quel père lui donnerait sa fille en mariage si la politesse était le seul critère de choix. Maintenant, comment ça se passe à la mairie de Pigui, seule la gendarmerie de Bandiagara peut vous le dire.

– Une dernière question, commissaire. Franchement, à ma place, que feriez-vous ? interrogea Habib.

– À votre place, j'aurais décliné la responsabilité de cette enquête. Mais c'était impossible, n'est-ce pas ? Alors soyez sans illusion. Le monde dans lequel vous allez pénétrer n'est pas le vôtre. Or, pour celui qui ne le connaît pas, il peut être dangereux. Vraiment. Soyez prudents. C'est tout.

– On ne peut pas dire que vos propos soient rassu-
rants ni encourageants.

– Vous m'avez demandé de vous parler en toute
franchise. Eh bien, c'est ce que j'ai fait, commissaire.
Excusez-moi si cela ne vous fait pas plaisir.

– Rassurez-vous, cher collègue, répliqua Habib,
vous ne me choquez pas du tout, bien au contraire.
Seulement, comme vous vous en doutez, je n'aime pas
m'arrêter en chemin. Je serai prudent, comme vous me
le recommandez, mais j'irai jusqu'au bout. En tout cas,
un grand merci pour votre hospitalité et pour vos
informations.

Habib et Sosso se levèrent, le commissaire Bâ aussi.

– Si je peux encore vous être utile, n'hésitez pas,
commissaire, conclut-il en tendant la main tour à tour
aux deux policiers.

La «descendante du prophète Mohamed» était
assise sur un banc, dans la véranda, et elle récitait de
façon théâtrale et sans discontinuer des versets du
Coran. C'était une vieille femme à la chevelure blanche
et abondante et au regard éclatant. Les deux agents de
police commis à sa garde semblaient plutôt la vénérer :
ils la contemplaient, bouche bée, en buvant, comme de
l'eau bénite, les sourates qui coulaient.

Le commissaire Habib et l'inspecteur Sosso traversèrent la cour et se dirigèrent vers leur véhicule.
Nouvelle surprise : le chauffeur Samaké se tenait adossé

à la 4 x 4 et, les mains ouvertes et jointes devant lui à la façon des musulmans, il écoutait, comme subjugué, les psalmodies de la descendante du prophète. Ce n'est qu'une fois ses passagers installés dans la 4 x 4 que le chauffeur se passa les mains sur le visage, s'installa au volant et démarra.

– Est-ce que vous savez qui est cette femme? demanda-t-il aux policiers.

– Non, lui répondit Sosso. Qui est-ce?

– Cette femme, moustique, c'est la dernière descendante du prophète sur terre. Personne ne récite le Coran aussi bien qu'elle. Elle a fait le pèlerinage à La Mecque quatorze fois. Et toujours à pied. Jamais de voiture, jamais d'avion! Personne ne sait quel âge elle a. Elle est ainsi depuis que moi, j'étais enfant ici, à Mopti. C'est une sainte.

– Oui, mais elle importune tout le monde. C'est pour cela que la police l'arrête à tout moment.

– Mais non, ils ne comprennent jamais rien, les policiers. Ils sont trop bêtes.

– Ah bon! s'exclama Habib.

– Oui, confirma le chauffeur imperturbable. Ça fait quarante ans qu'on leur dit de laisser cette femme tranquille, mais ils n'ont jamais rien compris. Chaque fois qu'ils l'arrêtent, un malheur se produit à Mopti. Vous verrez, ce soir ou demain, il va y avoir une catastrophe.

– Tu le crois vraiment? demanda Sosso, sceptique.

– Attends, tu verras. (Il toussota.) Bien, maintenant c'est direction Bandiagara, n'est-ce pas ?

– Comme tu dis : direction Bandiagara, approuva Sosso.

Le chauffeur se tut. Habib était pensif. Les paroles du commissaire Bâ lui revenaient en mémoire. Son assurance tranquille, qui l'avait irrité, ne traduisait-elle pas plutôt un fatalisme largement répandu ? Si ses interlocuteurs à Bandiagara et à Pigui étaient aussi crédules que les policiers de Mopti devant la descendante du prophète et aussi superstitieux que le jeune maire et le commissaire Bâ, sa tâche allait être bien ardue.

Le soleil n'allait pas tarder à tomber. Il rougissait le couchant d'une étrange façon, comme une multitude de langues de flamme léchant le bleu du ciel. Les chauves-souris passaient et repassaient sans arrêt ou se laissaient choir dans les arbres.

– Nous y serons bientôt, Sosso, remarqua Habib. Plus je réfléchis, plus je me dis que ce ne sera pas une partie de plaisir.

– Oui, chef, j'en ai bien l'impression.

– Cette idée du commissaire Bâ : aller voir un devin pour me faire une opinion. Jamais je n'aurais cru qu'un commissaire de police avancerait une telle incongruité ! J'avais cru qu'il plaisantait. Mais non, il y croyait dur comme fer.

– Il dit qu'il exerce son métier dans cette région depuis vingt ans, ça doit laisser des traces.

– Exactement! C'est pour ne pas l'avoir compris que je me suis énervé bêtement. Il est d'ici et il pense comme tous ceux d'ici. Tu as raison, Sosso.

Une demi-heure plus tard, la 4 x 4 se gara devant l'hôtel *Le Cheval blanc*, à Bandiagara. Le portier s'empara promptement de la valise et du sac de voyage qui étaient dans le coffre. Tandis que le commissaire gravissait les marches, Sosso s'entretenait avec le chauffeur Samaké. Ce dernier souhaitait obtenir l'autorisation d'aller dormir chez des connaissances, à Mopti, ce qui lui permettrait de faire des économies sur ses frais de séjour.

– Combien d'enfants a-t-il? demanda plus tard Habib à Sosso, qui lui avait fait part du vœu de Samaké.

– Neuf!

– Bien sûr, répondit le commissaire. Qu'il fasse donc; mais insiste pour qu'il soit là demain matin, à sept heures!

Et il pénétra dans l'hôtel.

CHAPITRE 8

Le lendemain, le chef de la brigade de gendarmerie de Bandiagara, le lieutenant Jérôme Diarra, accueillit le commissaire Habib et l'inspecteur Sosso avec une joie enfantine. En fait, le chef de la Brigade criminelle avait été son professeur à l'école préparatoire et il en avait gardé un excellent souvenir. Plutôt bon élève, il avait à cœur de montrer à son prof qu'il avait réussi. Le problème de préséance entre gendarmerie et police se posait ici comme ailleurs, mais le commissaire Habib, de par sa renommée, et même officiellement, occupait une place particulière qui imposait le respect à tous. Certes, Bandiagara était une petite ville, mais le lieutenant devait s'estimer heureux, car, pour quelqu'un qui débutait dans le commandement, il n'y avait pas lieu de faire la fine bouche. Dès que le 4 x 4 s'immobilisa, le lieutenant s'avança d'un air martial, salua, et son visage s'éclaira d'un large sourire.

– Tiens ! s'exclama Habib, mais c'est Jérôme ?

– Oui, c'est moi, mon commandant, répondit le jeune homme d'un ton jovial.

– Alors on se retrouve. C'est bien.

Dès qu'il aperçut Sosso, qui s'était attardé dans la voiture, le lieutenant oublia toute retenue, se jeta au cou de son camarade d'école et, comme des enfants, les deux jeunes gens enlacés se mirent littéralement à danser, sous le regard attendri du commissaire.

Dans la 4 x 4, le chauffeur, interloqué, observait la scène. Malgré son français assez rudimentaire, il avait fini par découvrir la qualité de ses deux passagers.

Une fois les effusions terminées, le gendarme conduisit les policiers à son bureau.

– Depuis combien de temps occupes-tu ce poste ? demanda le commissaire au lieutenant Diarra.

– Depuis quatre ans, mon commandant.

– Quand même ! s'exclama Habib. Et ce n'est pas trop agité par ici ?

– Non, mon commandant. J'avoue même que, sans les petits délits et les éternels conflits familiaux, on s'ennuierait plutôt.

– Tiens, c'est pourtant ici que ce seraient passés les graves événements qui nous amènent, s'étonna le commissaire.

– Effectivement, reconnut le gendarme, c'est bien sur mon territoire, mais pas dans la ville de Bandiagara. Ici, c'est déjà une ville pour ainsi dire cosmopolite, un grand nombre d'ethnies y coha-bitent. Or, les événements dont vous parlez se sont produits à Pigui, qui est un village dogon, peuplé uniquement de Dogons.

– Je comprends. Et que peux-tu me dire de ces fameux événements, Jérôme ? demanda Habib.

– Je risque de vous décevoir un peu, mon commandant, parce que je n'en sais pas grand-chose. J'étais absent de Bandiagara et le compte rendu qu'on m'en a fait ne m'a pas appris grand-chose.

– Tu t'es rendu sur les lieux, je suppose.

– Non, mon commandant.

– Et pourquoi ?

– Parce que, officiellement, il ne s'est rien passé.

– Il ne s'est rien passé ?

– Personne ne s'est plaint, aucun décès n'a été déclaré. Ce ne sont que des rumeurs.

– Oui, mais tu aurais pu enquêter pour savoir si ces rumeurs étaient fondées.

– Théoriquement, oui, mon commandant, mais la réalité est tout autre. Interroger qui, à propos de quoi ?

– Quand même, intervint Sosso, les parents des victimes ont dû te dire quelque chose.

– Justement non : personne ne s'est jamais plaint de quoi que ce soit.

– Ne mettons pas la charrue avant les bœufs, dit Habib. De cette histoire, nous ne savons que ce que nous en a dit le maire. Est-ce que tu peux nous donner ta version ?

– Voilà. Tout serait parti d'un duel sur la falaise. Ici, c'est un événement habituel. Il y a eu deux morts, un jeune homme et sa sœur, et un blessé grave. Ce dernier serait décédé le lendemain matin. Ainsi qu'un de ses amis, qui, lui, était bien portant la veille.

– Alors où est le problème ? s'étonna le commissaire.

– Le problème, mon commandant, c'est qu'ici on croit que le blessé et son ami ne sont pas morts naturellement, mais qu'ils ont été assassinés.

– Par qui ? Avec quoi ?

– Voyez-vous, mon commandant, je me souviens de ce que nous avons appris, mais la réalité dans laquelle je baigne ici ne colle pas avec les méthodes rationnelles que vous nous avez enseignées. Dans le cas qui nous intéresse, personne n'a vu ni l'assassin ni l'arme du crime, mais tout le monde est convaincu que les morts ont été tués par l'esprit de l'ancêtre des Dogons. Dans cette hypothèse, quelle enquête puis-je mener ?

– Ah, c'est donc ça, murmura le commissaire, pensif.

– Parfaitement, mon commandant, triompha le jeune gendarme. Ici, tout est compliqué.

– Donc, si je comprends bien, s'amusa Habib, je devrais avoir recours à un voyant pour me faire une opinion ?

– Même pas, répondit le gendarme en riant, parce qu'aucun voyant ne se mêlerait d'une affaire qui implique l'Ancêtre.

– Alors dis-moi, Jérôme, tu me vois écrire dans mon rapport que l'assassin est l'âme de l'Ancêtre ?

– Justement, mon commandant, est-ce que l'enquête dont on vous a chargé est possible ? C'est là ma question.

– Je ne le saurai qu'à la pratique, mais je peux toujours essayer de comprendre ce qui s'est passé. C'est déjà ça. Je vais quand même aller voir Pigui et le lieu du duel.

– J'y vais avec vous, mon commandant, si vous le permettez, proposa le gendarme.

Le commissaire se leva. Sosso et Diarra firent de même. Le chef de brigade fit appeler son chauffeur qui, malheureusement, était introuvable.

– Tu as un gendarme fantôme dans ton équipe ? plaisanta Sosso.

– Pire ! C'est un bonhomme unique en son genre. Sa seule passion, ce sont ses moutons. Il est capable de rester une journée entière à les contempler, assis devant l'étable. Il peut se rendre quatre, cinq fois chez lui dans la journée pour voir ses moutons. Incroyable !

– Eh bien, te voilà servi, dit Habib.

– Et il n'y a rien à faire, ni les menaces, ni les sanctions, rien n'y change. J'ai fini par me dire qu'il est un peu dérangé. Du reste, tout Bandiagara s'amuse de sa lubie.

– Alors, viens avec nous, l'invita Habib. Notre chauffeur, lui, n'a pas la passion des moutons. À ma connaissance !

CHAPITRE 9

Peu après, Sosso et Diarra à l'arrière et le commissaire à côté du chauffeur, la 4 x 4 prit le chemin de Pigui. Il fallut une demi-heure de route cahotante, à travers un paysage de pierres grises, pour atteindre Pigui. Mais, comme le village se nichait au flanc de la falaise, on ne pouvait y accéder qu'à pied, exercice pas toujours évident pour le commissaire, contraint de bien regarder où il posait les pieds. À cette heure matinale, il y avait peu de monde. Juste quelques femmes, la tête chargée de sacs ou de canaris d'eau, qui grimpaient ou dévalaient la falaise avec une agilité surprenante. On les entendait régulièrement se saluer de loin.

– C'est ici qu'a eu lieu le duel, expliqua le lieutenant Diarra aux policiers lorsqu'ils furent parvenus au pied de la table de pierre suspendue au-dessus du vide.

Il s'ensuivit un bref silence. Le commissaire et son collaborateur observèrent l'étrange objet.

– Bien sûr, c'est la mort assurée pour celui qui tombe d'ici, affirma Habib. Le miracle, c'est que quelqu'un en ait réchappé. As-tu un agent originaire de cette commune, Jérôme ?

– Non, mon commandant, répondit Diarra.

– Où se situe la mairie ?

– C'est la maisonnette de terre qui est juste à côté de l'arbuste, expliqua le gendarme en pointant le doigt.

Les trois hommes se dirigèrent vers le lieu en question, où se trouvaient effectivement le jeune maire et deux de ses adjoints, aussi jeunes que lui. Une voiture (probablement celle du maire) et deux motos rouge et bleu de marque *Yamaha* étaient garées dans la courette.

Ce jour-là, le maire était vêtu d'un grand boubou de *bazin* bleu ciel, finement brodé et amidonné, alors que ses adjoints étaient en chemisette et pantalon de bonne coupe. L'un d'eux arborait même des lunettes de soleil assez extravagantes, de couleur noir et rouge, l'autre portait au poignet une montre en or de marque *Kili*. Ces petits détails n'échappèrent pas à l'œil du commissaire Habib, d'autant plus que l'intérieur de la mairie, sommairement meublé d'une table de fer, de quatre chaises métalliques et d'un banc de bois blanc, contrastait avec la mise recherchée de ses occupants. Après les salutations d'usage, le maire et ses adjoints abandonnèrent leurs chaises métalliques à leurs hôtes et s'installèrent sur le banc.

– Nous nous retrouvons donc, monsieur le maire, commença le commissaire. À Bamako, vous m'avez dit qu'il y a eu deux morts, ici, dont l'un de vos adjoints, et que vous craigniez pour votre vie et celle des autres adjoints. Je suppose que ce sont ces jeunes gens.

– Exactement, commissaire.

– Alors, faites un effort pour me dire tout ce que vous savez.

– Nèmègo, expliqua le maire, s'est battu en duel sur la falaise avec son ami Yadjè. C'était à cause d'une fille, la fiancée de Yadjè, qui vivait aussi avec Nèmègo. Les deux garçons sont tombés de la falaise. Yadjè est mort sur le coup, mais Nèmègo a survécu. Le lendemain matin, l'ami de Nèmègo, Antandou, qui était aussi un de mes adjoints, et Nèmègo lui-même sont morts. Voilà.

– Étiez-vous présent le jour du duel ? lui demanda Habib.

– Moi non, mais Ouologuem et Ali, oui, expliqua le maire en désignant ses adjoints.

– Alors qu'est-ce qui vous permet de dire que Nèmègo et Antandou ont été assassinés ? Nèmègo était grièvement blessé et, comme il n'a pas été emmené à l'hôpital, je ne m'étonne pas qu'il soit mort de ses blessures pendant la nuit.

– Peut-être, commissaire, mais Antandou, lui, n'était pas malade.

– Vous n'êtes pas médecin ! On peut être malade sans présenter de symptômes apparents.

– Antandou est mort de la même façon que Nèmègo. J'ai vu leurs corps enflés, le sang aux commissures de leurs lèvres, protesta le maire.

Le commissaire observa un moment de silence, les yeux fixés sur le jeune homme engoncé dans son grand boubou. Ses compagnons demeuraient immobiles et muets. C'était un spectacle qui ne plaisait pas à Habib.

– Vous ne croyez quand même pas, vous, que c'est l'esprit de votre ancêtre qui les a tués ? demanda-t-il à son jeune interlocuteur.

– Nous croyons à l'esprit de notre ancêtre, mais, cette fois, ce n'est pas lui qui a tué.

– Supposons, répliqua le commissaire, que quelqu'un ait assassiné vos compagnons, pourquoi semblez-vous tellement convaincus que vous êtes menacés ?

– Nous le sentons parce que nous connaissons notre village.

– Et pourquoi vous en voudrait-on ?

– Par jalousie.

– Parce que vous dirigez la commune ?

– Oui. Et à travers nous, ce sont nos familles qu'on jalouse. Ceux qui nous en veulent en veulent aussi à notre famille.

– Oui, mais qui précisément ? Parce que je suppose que vous soupçonnez quelqu'un. Alors, qui ?

Le maire marqua une légère hésitation avant de répondre :

– Il y a beaucoup de gens qui nous en veulent ici.

– Vous avez bien été élus, n'est-ce pas ?

– Oui, commissaire, en bonne et due forme, répondit le maire sur un ton ferme, à la limite de la correction. Il y a eu une élection de conseillers municipaux parfaitement transparente. Et moi, j'ai été élu maire avec 99 % des voix.

– Ce qui m'étonne, remarqua Habib, c'est que beaucoup vous en veulent, alors que vous avez été élu presque à l'unanimité.

Le jeune maire sembla perdre de son assurance. C'est alors qu'intervint le lieutenant Diarra :

– Excusez-moi de m'immiscer dans votre entretien, mais je voudrais souligner qu'il n'y a eu que 6 % de votants parmi les inscrits. Je pense que ce détail relativise ce que dit le maire.

– Oui, mais on n'a empêché personne de voter ! répliqua l'élu avec une véhémence qui surprit policiers et gendarme.

– Je ne juge pas, expliqua Diarra. Je veux simplement que le commissaire ait le maximum d'informations pour se faire une opinion plus juste. C'est tout.

– Ne le prenez pas mal, intervint Habib, nous essayons de comprendre. Mais dites-moi, monsieur le maire, vous êtes membre du parti de la Rédemption africaine ?

– Oui.

– Et ce parti est majoritaire ici ?

– De beaucoup. En fait, il n'y a pas d'opposition.

– Dans la commune de Pigui ?

– Non seulement à Pigui, mais aussi dans presque toutes les communes du pays dogon. Et même au-delà.

Le commissaire Habib se contenta de hocher la tête en regardant tour à tour les trois jeunes gens jusqu'au moment où l'inspecteur Sosso demanda au maire :

– Une question personnelle, monsieur le maire, et à vous aussi, messieurs les adjoints : de quoi vivez-vous ? On sait que l'indemnité que vous octroie la mairie est assez modeste.

– Moi, je suis infirmier de santé, répondit le maire.

– Moi, je suis enseignant du premier cycle, répondit Ouologuem.

– Moi aussi, ajouta laconiquement Ali.

Des trois jeunes gens, Ali paraissait le plus fragile. Pendant le long dialogue avec les policiers, il n'avait cessé d'agiter les jambes comme s'il dansait. Parfois, on eût dit qu'il avait envie de parler, mais l'instant d'après il se recroquevillait sur lui-même. Il s'essuyait aussi la figure par moments ou s'éventait avec un journal, bien qu'il ne fît pas vraiment chaud.

Les trois visiteurs prirent congé sans tarder après que Sosso et les trois jeunes gens eurent échangé leurs cartes de visite. Le maire et ses conseillers demeurèrent longtemps sur le seuil de la mairie à regarder les étrangers s'en aller.

– Zut! jura le commissaire. Retournons voir le maire : je voudrais savoir où sont enterrés les morts.

– Je peux vous renseigner, mon commandant, intervint le lieutenant Diarra. En fait, les morts ne sont pas enterrés, mais déposés dans une espèce de grotte, en haut de la falaise. Continuons tout droit et je vous montrerai l'endroit.

Quelques dizaines de mètres plus loin, le lieutenant Diarra indiqua, sur le flanc de la falaise, la grotte en question.

– C'est là que sont déposés les corps, expliqua-t-il.

– Mais comment font-ils pour grimper là-haut avec les corps ? s'étonna Habib.

– Certains les hissent au moyen d'une corde pendant que d'autres sont sur la pente pour les réceptionner.

À cet instant précis, un spectacle incroyable s'offrit aux trois hommes : une besace sur l'épaule, un homme escaladait la falaise avec une vélocité et une dextérité étonnantes. On se demandait comment il repérait les aspérités qui lui permettaient de s'agripper pour ne pas s'écraser sur les rochers. Cette agilité de félin stupéfia le commissaire et son collaborateur. Le lieutenant de gendarmerie, lui, paraissait moins impressionné.

– C'est Kodjo, celui qu'on surnomme le Chat, expliqua-t-il. Il grimpe ainsi deux fois dans la journée :

à l'aube et au crépuscule. Exceptionnellement à pareille heure.

– Et où va-t-il comme ça ? interrogea le commissaire.

– Mystère, mon commandant. Il paraît qu'il s'entretient avec l'Ancêtre là-haut. C'est ce qu'on dit.

– Et c'est ça, son métier ?

– Il est plutôt devin. Il serait un des meilleurs prédicateurs de la région. On dit qu'il déchiffre le mystère de l'avenir en lisant les traces des pattes du renard que les Dogons appellent *Yourougou*. C'est aussi un spécialiste des plantes médicinales.

– On dirait effectivement un chat, admit Sosso.

– Oh, attends de le voir ! Il a vraiment une face de chat. C'est le mystère complet. En vérité, je n'aime pas cet homme. Je me méfie de lui.

– Tu te méfies du mystère, Jérôme, remarqua le commissaire, comme tout mortel.

Ayant atteint le sommet de la falaise, le Chat disparut derrière un buisson, comme par enchantement.

– Ah ! J'imagine Sosso en train d'escalader cette falaise, lui que la seule vue des caïmans emplit de terreur, plaisanta Habib.

Le lieutenant Diarra éclata de rire en donnant des tapes dans le dos de Sosso qui se défendit :

– Chef, moi, j'ai encore envie de vivre.

– Je te comprends parfaitement, Sosso, répliqua le commissaire. Malheureusement, quand il faudra parler au Chat, c'est toi qui vas devoir le rejoindre chez l'Ancêtre.

– Mon commandant, intervint Diarra, je pense qu'il serait bon que vous rendiez une visite de courtoisie au Hogon, le chef spirituel. Ici, c'est très important. Même si vous ne parlez pas de l'objet de votre présence. On est sur son territoire et il finira de toute façon par savoir pourquoi vous êtes là.

– Excellente idée, Jérôme, mais remarque que ce serait la même chose dans n'importe quel autre village du Mali. Alors, conduis-nous chez le Hogon. Puisqu'il faut que notre enquête se déroule sur le rythme malien, allons-y !

Ils descendirent dans les maigres entrailles de Pigui, un dédale. Ils rencontrèrent un couple de touristes blancs s'exprimant en français avec un fort accent américain et photographiant tout ce qu'ils voyaient, sur les conseils de leur guide, qui accomplissait sa tâche avec un plaisir évident. La présence d'un gendarme en tenue avait dû intriguer le couple blanc qui interrogea son mentor. On entendit le mot « gendarme ».

Tout à coup, le lieutenant tira brutalement Sosso par le bras.

– Attention Sosso, dit-il, tu vas marcher sur un autel.

En effet, devant Sosso il y avait un petit carré de terre sur lequel était posée une pierre oblongue couverte d'une matière blanchâtre. On eût pensé à tout, sauf à un autel.

– Je sais que ce n'est pas évident, expliqua Diarra. La première fois que je suis venu ici, moi, j'ai marché sur un de ces autels. Il faut être du pays pour savoir. Excuse-moi de t'avoir bousculé, Sosso.

Le commissaire et l'inspecteur étaient tellement surpris qu'ils ne dirent mot. Ce n'est que quelques minutes plus tard que le commissaire osa avouer en bougonnant :

– Et dire que je suis né au Mali, que j'y vis depuis toujours et que je ne sais rien de tout ça ! Si ce n'est pas une honte !

Quelques tours et détours encore entre les cases et les greniers les menèrent sur la place publique. Quelques enfants, les mains pleines de camelote, se tenaient loin des étrangers, sans doute intimidés par la tenue du lieutenant de gendarmerie. Un groupe d'hommes âgés, tous coiffés d'un bonnet pointu aux larges rabats qui leur couvraient les oreilles et vêtus d'un ensemble de cotonnade ocre, bavardaient autour d'une calebasse de bière de mil qu'ils buvaient goulûment. Ils reconnurent le lieutenant Diarra et l'invitèrent, en riant aux éclats, à venir partager leur « café ». Les plaisanteries durèrent un moment avant que Diarra ne conduisît ses hôtes assez loin du village, à la résidence du Hogon, une construction de terre ocre aux murs couverts du sang des animaux sacrifiés et de traces séchées de bouillie de mil, offrande aux esprits. Dans la cour, outre une maisonnette d'argile dont la porte était ornée de personnages et d'un serpent sculptés, se dressaient deux greniers. Un homme était adossé à l'un d'eux et paraissait sommeiller. Mais, en entendant les arrivants le saluer, il se leva prestement et s'enquit, de façon fort civile, de la raison de leur présence. Il en imposait par son physique d'athlète et son air imperturbable.

– Nous souhaitons dire bonjour au Hogon, expliqua Diarra.

– Que Dieu vous bénisse, répondit l'homme, mais le Hogon est souffrant depuis une semaine. Il se repose. Je suis son assistant. Asseyez-vous donc.

Une femme apparut et apporta rapidement trois escabeaux sur lesquels les étrangers prirent place. Quelques instants plus tard, elle s'agenouilla devant eux et leur présenta une petite calebasse d'eau, sans doute la même qu'elle proposait à tous les visiteurs – et ils étaient certainement nombreux.

– Mon commandant, faites semblant de boire, murmura le lieutenant Diarra, quand il eut remarqué l'embarras du commissaire.

Finalement, chacun dut y tremper ses lèvres, et la jeune femme, toujours silencieuse, se hâta d'emporter l'outre.

– Que Dieu nous donne la paix du jour, salua l'assistant du Hogon.

– Amen, répondirent en chœur les étrangers.

— J'ai l'impression de t'avoir déjà vu, toi, dit l'assistant du Hogon au lieutenant. Quel est ton nom ?

— Je suis Diarra, répondit le lieutenant.

— Ah ! Diarra, le gendarme de Bandiagara ! s'exclama l'homme. Je t'ai vu une seule fois, quand tu es venu ici saluer le Hogon il y a bien quatre ou cinq ans. Moi, je ne vais presque jamais à Bandiagara. Je ne vais nulle part, d'ailleurs. Ma vie est ici, auprès du Hogon. Mais qui sont tes compagnons ?

— Lui est Kéita, lui, Traoré, répondit le gendarme en montrant tour à tour Habib et Sosso.

— Kéita et Traoré, je comprends. Moi, je suis Douyon. Vous êtes nos parents, vous êtes les parents des Dogons. Vous savez, il y a très longtemps, du temps de nos ancêtres, nous vivions au pays du Mandé. C'est après que nous sommes venus nous installer ici. Nous sommes vraiment des parents. Vous êtes ici chez vous. Et vous venez de Bamako ?

— Oui, répondit le commissaire.

— Comment se portent vos épouses et vos enfants ?

— Ils se portent bien. Seulement, je n'ai qu'une épouse, moi, ne put s'empêcher de rectifier le commissaire, provoquant ainsi le rire de ses compagnons.

— Toi, tu n'as encore qu'une épouse ? s'étonna l'assistant du Hogon. Et quand vas-tu en épouser d'autres ?

— Une me suffit largement, dit Habib.

L'assistant regarda Habib avec un petit air étonné et peut-être même condescendant.

– Le propre de l'homme, affirma-t-il, est d'avoir plusieurs femmes. Mais il est vrai que chacun obéit à son étoile. Si tel est le chemin de ton bonheur, qu'il en soit ainsi. Et qu'êtes-vous venus faire à Bandiagara ?

– Ce sont des fonctionnaires, s'empressa de répondre le lieutenant Diarra. Ils viennent visiter les mairies et les différents lieux de travail pour voir si tout va bien. Tout va bien ici, n'est-ce pas, Douyon ?

– Par la grâce de notre dieu Amma, tout va bien ici. Peut-on dire autrement quand on ne meurt pas de faim et qu'on est bien dans son corps et dans son âme ? Oui, tout va bien ici.

« Cet homme n'est pas un idiot », pensa le commissaire. En effet, Douyon possédait l'art du dialogue : constamment sur ses gardes, ne disant jamais un mot de trop et cherchant à pénétrer les pensées de son interlocuteur, il savait rester d'une courtoisie exquise. Et sa voix, profonde et chaleureuse, était pour lui un atout supplémentaire.

– C'est depuis une semaine que le Hogon ne se sent pas bien, expliqua Douyon. C'est à cause du mauvais vent et de la chaleur. C'est dur pour une personne âgée.

– Est-ce qu'il est allé voir le médecin ? interrogea naïvement Sosso.

– Le médecin ? s'étonna l'assistant du Hogon. Non. Nous, nous n'allons pas voir le médecin. Je connais suffisamment les plantes pour le soigner. Le médecin, c'est la chose des gens de la ville. Il suffit de savoir de quoi souffre le patient et on trouve la plante qui peut le guérir.

– Mais il peut arriver que tu ne trouves pas le remède, insista Sosso.

– Oui, reconnut Douyon, dans ce cas, ce n'est pas une maladie ordinaire et je ne pense pas que le médecin non plus puisse faire quoi que ce soit.

Le commissaire crut opportun d'intervenir.

– Les enfants voient-ils les choses de la même manière que toi, Douyon ? demanda-t-il.

Pour la première fois, l'homme parut réfléchir plus longuement que d'habitude. Toutefois, sa réponse tomba d'une voix sûre :

– Tu sais, Kéita, le monde n'est plus ce qu'il était. Nos enfants ne nous ressemblent pas tout à fait. Mais un enfant est un enfant : il faut lui apprendre à se comporter correctement et utilement. S'ils ne suivent pas leurs parents, ils se perdront.

Décidément, cet homme possédait à la perfection l'art de parler tout en restant impénétrable. Le commissaire se contenta de le constater.

– C'est hier dans l'après-midi que vous êtes arrivés, n'est-ce pas ? affirma plus que ne demanda l'adjoint du

Hogon quand ses hôtes eurent pris congé. Et vous allez rester combien de jours à Bandiagara ?

– Oh, quelques jours seulement, lui répondit le commissaire. Le travail nous attend à Bamako.

– Je n'en doute pas. Je dirai au Hogon que vous êtes venus le saluer.

– Nous reviendrons le voir certainement avant de retourner à Bamako, conclut Habib.

On se salua de nouveau longuement et les hôtes s'en allèrent.

Chapitre 10

Le lieutenant Diarra avait un rendez-vous en début d'après-midi. Il partit donc sans tarder à Bandiagara avec Samaké, le chauffeur. Le commissaire Habib et l'inspecteur Sosso décidèrent de déjeuner au restaurant de l'hôtel *La Falaise*, à Pigui. C'était un petit établissement bleu et blanc, fort coquet. Quelques touristes s'y trouvaient déjà. Une micro-chaîne, dont les haut-parleurs grésillants ne semblaient retenir que les sons aigus, diffusait de la musique malienne. De petites chaises de bambou, pas toujours en équilibre, entouraient de petites tables, en bambou également, dans un ordonnancement assez peu esthétique. Aux murs pendaient des tableaux naïfs, supposés représenter la vie quotidienne et la mythologie des Dogons. L'endroit était frais et propre : que demander de plus à un établissement hôtelier situé à presque huit cents kilomètres de Bamako ?

– Sois sûr d'une chose, Sosso, dit Habib, Douyon, l'adjoint du Hogon, sait qui nous sommes. Et probablement aussi pourquoi nous sommes à Pigui. C'est un homme lisse, mais, comme tout mortel, il n'a pas l'entière maîtrise de ses émotions. N'as-tu pas senti son hésitation quand je lui ai parlé des jeunes ? En outre, il a affirmé, et c'est l'intonation de sa voix qui l'a trahi, que c'est hier après-midi que nous sommes arrivés, non pas à Pigui, mais à Bandiagara.

– Oui, chef, acquiesça Sosso, il m'a fait une impression bizarre. Je me suis dit que c'est un excellent comédien.

– Alors nous sommes d'accord.

Le commissaire s'interrompit et regarda dans la même direction que Sosso, qui avait cessé tout à coup de prêter attention à ses paroles.

– On dirait que tu vois le diable, le taquina Habib.

– Chef, fit remarquer le jeune policier, ce jeune homme là-bas, sur la moto, au pied de l'arbre, c'est Ali, un des collaborateurs du maire de Pigui.

– Et alors ?

– J'ai le sentiment qu'il nous suit depuis quelque temps. Il a sans doute envie de nous parler. Je reviens.

L'inspecteur se dirigea vers Ali, avec qui il s'entretint longuement avant de l'amener au restaurant. Le jeune homme accepta l'invitation à déjeuner avec quelque réticence et paraissait crispé sur la chaise un peu trop basse pour sa haute taille.

– Ali, commença le commissaire, ton prénom n'est pas dogon, si je ne me trompe. Tes parents sont-ils musulmans ?

– Oui, répondit Ali. Ils se sont convertis à l'islam peu avant ma naissance.

– Il y a beaucoup de convertis comme vous ici ?

– Non, nous sommes quelques-uns seulement.

– Ça ne vous crée pas des soucis, d'être musulmans au milieu des animistes ?

– Oh, de temps en temps il y a des incompréhensions, mais ça ne va pas loin.

– Vos parents sont-ils vraiment pratiquants ?

– Oui. Mon père a même été muezzin. Il est mort il n'y a pas longtemps. De façon bizarre. Très bizarre.

– Ah ! fit le commissaire. Est-ce qu'il fréquentait les autres vieillards ?

– Oui, mais je ne sais pas ce qui se passait entre eux.

Sans doute, Ali ne voulait-il pas en dire davantage. Le commissaire n'insista donc pas. D'ailleurs, le plat ne tarda pas à être servi : c'était du riz au poulet. Habib tourna et retourna le poulet sous l'œil goguenard de Sosso. Les trois convives commencèrent à manger. Sosso commanda un quart de vin rouge et fut un peu surpris qu'Ali acceptât de le partager avec lui.

– Pour quelqu'un dont le père a été muezzin, tu es bien culotté, Ali, constata Habib.

– Je fais tout pour qu'on ne me voie pas, expliqua-t-il en riant aux éclats.

– Erreur, mon petit, répliqua le commissaire, dans notre société, à plus forte raison dans un bled comme

Pigui, tout le monde voit tout le monde. Un jour, ça se saura. Quand j'étudiais en France, je ne dédaignais pas le bon vin rouge, d'autant plus que je vivais dans le Bordelais. Mais, une fois ici, j'ai dû me reconvertir à l'eau, pas toujours potable, du reste. J'imagine la tête de ma mère si on lui avait appris que son fils buvait.

— Commissaire, dit Ali, dont la chaleur de l'alcool avait sans doute délié la langue, je voulais vous dire qu'il s'est passé quelque chose avant la mort de Nèmègo.

— Quelque chose ? Quelle chose ? lui demanda le commissaire d'un ton grave et presque inquiet.

— L'oncle de Yadjè (il s'appelle Djènè Kansaye) est allé dans la famille de Nèmègo, le soir du duel. Et il a juré que Nèmègo ne survivrait pas.

— Tiens, s'étonna le commissaire, et comment le sais-tu ?

— C'est la sœur de Nèmègo qui me l'a dit.

— Tu le connaissais, Nèmègo ?

— Oui, nous le connaissions tous. On prenait souvent le thé ensemble.

— Antandou aussi, je suppose.

— Oui, Antandou aussi. Il était conseiller municipal. Il était moins souvent avec nous, mais je le connaissais.

— L'oncle de Yadjè a-t-il menacé de mort Antandou aussi ?

— Je ne sais pas. On m'a rien dit sur ça.

Le commissaire regardait Ali, qui aspirait le fond de son verre. Sosso commanda un autre quart de rouge.

– Dis-moi, Ali, demanda-t-il à l'invité, dont les yeux commençaient un peu à briller, est-ce qu'on se méfie ici de l'oncle de Yadjè ?

– Il fait peur à tout le monde, confirma Ali.

– A-t-il déjà tué ?

– Je ne sais pas. On ne peut pas savoir. Ses pouvoirs magiques effraient tout le monde à Pigui.

– Oui, intervint Habib, mais on peut menacer sans passer à l'acte.

– Justement, commissaire, il paraît qu'il est resté pratiquement toute la nuit debout derrière la maison du père de Nèmègo. On ne sait pas ce qu'il faisait là-bas.

– Alors nous le lui demanderons. En tout cas, merci pour ces informations, Ali. Mais ne bois plus de la journée, parce que ta langue devient pâteuse. Et surtout, fais attention quand tu conduis.

Le jeune homme rit sans retenue et posa sa main sur l'épaule de Sosso.

– R.A.S., commissaire, dit-il en agitant l'index de sa main libre. Pour la moto, rien à craindre.

– Et où vas-tu maintenant ? interrogea l'inspecteur.

– Au *grin*, laissa tomber l'adjoint du maire non sans fierté.

Il marcha vers sa moto sans faux pas et démarra après avoir lancé :

– À ce soir, Sosso !

– Je crois que nous nous inquiétons pour rien, fit remarquer le commissaire à son collaborateur. Le jeune Ali et l'alcool sont plus complices que nous ne le croyions.

Sosso éclata de rire.

Les policiers durent emprunter de nouveau les sentiers tortueux de Pigui pour se rendre chez Djènè Kansaye. Puisqu'il n'y avait ni nom de rue ni quelque autre repère que ce fût, il ne restait qu'à demander son chemin aux passants.

– C'est bizarre, dit le commissaire. J'ai l'impression de patauger. Rien de concret à quoi s'accrocher. Ce n'est pas drôle.

– Le problème, chef, c'est qu'on ne peut même pas voir les corps, ce qui aurait pu nous éclairer.

– Oui, Sosso, tu sais bien qu'il est hors de question de procéder à une autopsie. Tu imagines la réaction des Dogons si nous nous avisions de toucher aux sépultures. D'ailleurs, perchées comme elles le sont, je ne vois pas qui pourrait aller les déloger. Mais pourquoi diable nous avoir envoyés ici ?

Il fallait que le commissaire fût embarrassé pour laisser percer son inquiétude de façon si évidente. « C'est peut-être aussi à cause de la chaleur et de ces va-et-vient incessants entre les cases de Pigui, sur ces chemins caillouteux », pensa Sosso.

La maison de Kansaye, qu'ils finirent par trouver, était semblable à toutes les autres. Sous un petit hangar, un jeune homme tressait une corde. Il invita les étrangers à prendre place sur des escabeaux, s'enquit de la raison de leur visite et pénétra dans une autre case. Une femme, assise devant la cuisine, broyait des feuilles comestibles. Après avoir longuement salué les policiers, elle se leva et, à genoux, leur offrit à boire dans une écuelle. Habib et Sosso avaient appris la leçon : ils firent semblant de boire et rendirent le récipient à la femme, qu'ils remercièrent. Peu après, le jeune homme sortit de la case, suivi d'un vieillard qui marchait en s'appuyant sur une canne : c'était Kansaye. De nouveau, on se salua courtoisement et le vieillard prit place sur un escabeau, en face de ses hôtes.

– Mon petit-neveu m'a dit que vous souhaitez me parler, commença-t-il.

– Oui, acquiesça le commissaire. Nous sommes de la police et nous sommes venus de Bamako pour comprendre ce qui s'est passé ici ces derniers jours. Nous savons que votre neveu Yadjè est mort dans un duel. Pourriez-vous nous donner plus d'explications ?

Les traits du vieillard se durcirent et il se raidit sur l'escabeau :

– Ce qui se passe chez les Kansaye ne regarde que moi, répondit-il d'une façon définitive. Si c'est la raison de votre visite, je ne vous retiens pas.

– Excusez-moi, Kansaye, je pense que je me suis mal exprimé. Nous sommes comme les gendarmes. D'ailleurs, c'est Diarra, de la gendarmerie de Bandiagara, qui nous a accompagnés jusqu'ici. Quand il y a une mort quelque part, c'est notre devoir de savoir pourquoi, expliqua le commissaire.

Kansaye parut se détendre. Il se passa la langue sur les lèvres. Habib se dit qu'un homme de son âge avait sans doute cessé de voyager depuis des années ou que, à l'instar de l'assistant du Hogon, il n'avait peut-être même jamais voyagé. Kansaye ignorait sans doute ce qu'était un policier. Peut-être le confondait-il avec un quelconque fonctionnaire, que les villageois ne tenaient pas en haute estime, alors que, dans les moindres recoins du pays, existait la peur du gendarme.

– J'ai compris, se contenta de dire le vieillard, qui se tut, puis passa ses mains tremblantes sur son visage sans lâcher sa canne.

– Yadjè était mon neveu, le fils, l'unique garçon de mon frère Séguémo. Séguémo était le meilleur homme du monde. Il avait un cœur d'enfant. Jamais on ne l'a entendu dire du mal de quelqu'un, jamais il n'a fait de mal à personne. Le jour où ma femme et trois de mes enfants sont morts, par la faute d'un camionneur saoul, j'ai eu tellement de peine que j'ai été paralysé de tout le corps. Séguémo s'est si bien occupé de moi ! Sans lui, je serais resté paralysé le reste de ma vie. C'est sa chaleur, sa générosité qui m'ont fait renaître. Il m'a appris qu'il ne faut jamais baisser les bras. Et, un jour, il est mort. Je l'ai retrouvé assis, adossé à un arbre, dans la brousse. Son corps ne portait aucune blessure. C'était un signe. Sa femme, elle, n'a pas tenu le coup : elle ne possède plus toute sa tête. Yadjè était encore petit. Pour moi, il est mon fils, pas seulement un neveu. J'ai veillé sur lui comme j'aurais veillé sur mes enfants s'ils avaient vécu plus longtemps. J'ai voulu lui inculquer les valeurs auxquelles son père tenait, car le garçon ressemblait à son père. Il avait sa générosité et son courage face à l'adversité. Malheureusement, il était trop bon. C'était sa faiblesse. Mon devoir était de le protéger.

Quand le vieil homme se tut, le commissaire Habib lui demanda :

– Quand il a voulu se battre contre Nèmègo, vous auriez pu l'en empêcher.

– Au contraire, protesta Djènè, je l'y ai incité. Nèmègo était son ami, mais c'était un mauvais ami. Il méritait un châtiment exemplaire.

– Le jour du duel, demanda le commissaire, est-ce que, à un moment ou à un autre, vous êtes allé dans la famille de Nèmègo ?

– Oui. Comme vous le savez, mon neveu et sa sœur sont morts sur le coup, mais Nèmègo a survécu. Le soir, je suis allé chez son père.

– Pour quelle raison ?

– J'ai dit à ses parents que Nèmègo ne survivrait en aucun cas.

– Comment pouviez-vous en être sûr ?

– Si la mort ne le tuait pas, moi, je m'en chargerais.

– Vous y êtes resté longtemps ?

– Dans la maison, non. Je me suis arrêté derrière leur concession pendant longtemps.

– Et pourquoi ?

– Je pensais à mon neveu et à ce que j'allais faire.

– Et Nèmègo est mort de ses blessures ?

– Il est mort de sa trahison.

– Êtes-vous retourné dans la maison de Nèmègo ?

– Non.

– J'ai compris, conclut le commissaire en se levant.

– Quelqu'un pourrait-il nous conduire chez la mère de Yadjè ? Nous allons lui présenter nos condoléances, demanda Sosso.

Le vieillard fut sensible à cette marque de sympathie et sa voix devint plus chaleureuse.

– Mon petit-neveu vous y conduira, dit-il. Mais c'est comme je vous l'ai dit, ma belle-sœur ne possède plus tous ses esprits.

Chapitre 11

Précédés du petit-neveu de Kansaye, qui s'éclipsa une fois sa mission accomplie, les policiers entrèrent chez la mère de Yadjè. Elle était assise à même le sol, au milieu de la cour, et vannait une poudre verdâtre, sans doute un condiment séché et pilé. Elle répondit machinalement aux salutations des policiers, qu'elle dévisagea longuement. Le commissaire lui demanda si elle était bien la mère de Yadjè.

À ce nom, la femme déposa le van et concentra toute son attention sur Habib et Sosso, qu'elle regardait tour à tour, puis elle dit :

– Yadjè n'est pas encore revenu du champ. Sa sœur, Yalèmo, est partie à sa recherche. Ils ne vont sans doute pas tarder à rentrer. Asseyez-vous donc en attendant.

Le commissaire et l'inspecteur échangèrent un regard, se demandant sans doute dans quelle étrange situation ils s'étaient fourrés. La vieille femme leur présenta deux escabeaux qu'elle était allée chercher dans une case. Il n'y avait pas d'autre issue que de s'asseoir : ce que firent les policiers.

Paradoxalement, la vieille mère était devenue extrêmement gaie et s'adressait à ses hôtes comme si elle les connaissait de longue date. Il lui arrivait même de claquer des mains en riant lorsqu'elle évoquait le souvenir de ses enfants.

– Elle est comme elle est, Yalèmo, elle ne changera jamais. Je la menace à tout moment de lui casser la tête, mais, peine perdue, elle ne m'écoute même pas. Elle n'a peur de rien. Vous verrez, quand elle va revenir tout à l'heure, vous allez croire que nous allons nous battre. Mais je l'aime bien, Yalèmo, et elle m'aime aussi. Yadjè est plus réfléchi, il parle peu. C'est le garçon le plus généreux de la terre. En tout cas, la femme qu'il épousera aura beaucoup de chance. Pourvu qu'il vive longtemps. Il vivra longtemps.

Que faire ? S'en aller en abandonnant cette malheureuse femme empêtrée dans son monde illusoire ou rester à écouter des histoires sorties d'une mémoire malade ? La question trottait dans la tête des policiers, qui, par facilité, refusèrent d'y répondre. Ils demeurèrent donc assis en face de la vieille mère et de ses souvenirs.

– Ils sont allés chez Amma. Lèbè les raccompagnera bientôt. C'est Nèmègo, l'ami de Yadjè, qui n'a pas été très gentil. Il a eu tort, Lèbè l'a puni. Tout le monde s'y attendait à Pigui. Celui qui trahit ici doit payer. Lèbè ne pardonne jamais. Ils reviendront tout à l'heure, les enfants.

Elle se tut de nouveau, dévisagea longuement ses hôtes avec un large sourire.

– Et comment Lèbè a-t-il puni Nèmègo ? l'interrogea Sosso à tout hasard.

– Mon fils, répondit la vieille femme, je n'ai jamais vu Lèbè. Personne n'a jamais vu Lèbè. Quand les enfants reviendront avec lui, tout à l'heure, peut-être… Moi, je n'ai jamais vu Lèbè.

À quoi bon s'attarder ? Les policiers durent prendre congé, maladroitement. Sosso tenta de rassurer la pauvre femme en lui expliquant qu'ils reviendraient pour rencontrer les enfants quand ceux-ci seraient de retour avec l'ancêtre Lèbè. La mère parut bien malheureuse.

Samaké attendait dans la 4 x 4 entouré d'une nuée d'enfants. Dès qu'ils aperçurent les policiers, qu'ils prirent pour des touristes, les enfants entonnèrent en chœur un air dogon de circonstance. Il fallut la poigne du chauffeur pour les assagir et les éloigner. La 4 x 4 démarra.

– Tu n'as pas l'impression qu'elle va être particulièrement longue, cette enquête ? demanda Habib à Sosso.

– Chef, comme vous le disiez, je pense que nous ne savons pas très bien où nous allons. C'est là le problème, à mon avis.

– Effectivement. Vois par exemple ce que nous a dit le jeune Ali. Il est sûr que Kansaye est l'assassin de Nèmègo, mais il n'y a aucun témoin, aucune preuve. Et en écoutant le vieil homme, on comprend qu'il n'a pas pu tuer la victime. En fait, tout le monde est convaincu que ce sont des meurtres perpétrés par la magie et à distance. Comment veux-tu inculper quelqu'un en avançant de tels arguments ? Quel magistrat est assez stupide pour prendre un tel échafaudage au sérieux ? Nous, nous avons besoin de preuves matérielles.

– Je n'aurais pas dû vous amener chez la mère de Yadjè, chef. Je suis désolé.

– Au contraire, tu as bien fait. Tout est important dans une telle enquête. L'assistant du Hogon ne semble pas nous avoir appris grand-chose lui non plus, mais il ne faut pas s'y fier. Tout ça peut nous réserver des surprises.

Le soleil allait se coucher bientôt. Ses rayons jaunes et rouges paraient la plaine d'or et de sang. Sur la route, on croisait des paysans qui retournaient à leurs villages, la tête chargée de paniers. Parfois, c'était un âne qui les portait d'un pas tranquille. De temps à autre, des enfants agitaient la main au passage de la 4 x 4.

– Je suis invité à prendre le thé chez le maire et ses conseillers ce soir, chef, dit Sosso.

– Tiens, s'étonna le commissaire, tu vas retourner à Pigui ?

– Non, c'est à Bandiagara que nous avons rendez-vous.

– Alors c'est bien. Il est vrai qu'il y a des choses qu'ils ne diraient qu'à toi. C'est une question de génération. J'espère que tu tireras quelque chose de cette rencontre. On tâtonne, je sais, mais comment faire autrement. Essaie surtout de savoir de quoi ils vivent, leurs fréquentations, leur moralité, leurs rapports avec leurs administrés. Tous ces détails peuvent nous être utiles.

– J'ai compris, chef.

– Dis-moi, Samaké, j'espère que tu as mangé à midi, demanda le commissaire en bambara au chauffeur.

– Oui, oui, mon commissaire, répondit le chauffeur.

– Surtout ne te prive pas de repas, même si je comprends que tu veuilles économiser. Il faut que tu aies quand même la force de conduire.

– Inch'Allah, se contenta de répondre le chauffeur.

Le commissaire se tourna vers Sosso :

– Dis-moi, Sosso, tu as vu la femme du Hogon ? Elle est bien jeune pour un homme de son âge.

– J'ai eu exactement la même pensée, chef.

– C'est bien curieux. Mais qu'est-ce qui n'est pas curieux, ici ? Jérôme aura sans doute beaucoup de choses à nous expliquer. Tu as vu la réaction du vieux Kansaye quand je lui ai dit que nous étions des gendarmes ?

La 4 x 4 se gara devant l'hôtel *Le Cheval blanc*.

*   *

*

Le commissaire se retrouva seul pour dîner. Dans le jardin de l'hôtel, il y avait quelques touristes courageux qui se hasardaient par ici en ce temps de grosses chaleurs.

Le portable du commissaire sonna : c'était le lieutenant Diarra.

— J'ai eu Sosso tout à l'heure. Il m'a dit que vous étiez seul à l'hôtel. Si je ne vous dérange pas, je peux vous rejoindre, mon commandant.

— Tu n'es pas obligé, Jérôme, répondit Habib, mais il est vrai que je suis un peu seul et que ça me ferait plaisir de bavarder avec toi.

— Alors j'arrive, mon commandant.

— À tout à l'heure, Jérôme.

Habib en était déjà au dessert quand le lieutenant se dirigea vers lui et le salua. Le commissaire l'invita à prendre un verre.

— Je suppose que l'après-midi a été fructueux et que l'enquête avance, attaqua le gendarme.

— Pas vraiment, lui répondit Habib. Je me dis que ta présence aurait été nécessaire, parce que nous ne comprenions pas toujours les réactions de nos interlocuteurs. Par exemple, nous avons rencontré l'assistant du Hogon. Un homme charmant, mais impossible de rien en tirer. En fait, le problème, c'est de comprendre comment ils fonctionnent, leur mentalité.

– Vous y êtes, mon commandant, confirma le gendarme. Il faut avoir vécu longtemps avec eux pour saisir le sens profond des mots qu'ils emploient. J'ai eu la chance de travailler avec un certain nombre de Dogons et cela m'a été très utile. Mais dites-moi, mon commandant, pensez-vous qu'il s'agisse vraiment d'assassinats ?

– À vrai dire, je n'ai aucune certitude. Il n'y a que des affirmations qui ne reposent sur aucune preuve.

– C'est l'impression que j'ai eue, moi aussi, quand je suis arrivé, mon commandant. Mais, avec le temps, je me suis aperçu que les affirmations apparemment gratuites masquaient toujours des faits et des actes.

– Oui, mais, moi, j'ai besoin de faits, de preuves.

– Je sais, mon commandant, mais je vous parle d'après mon expérience. Tant que j'ai essayé de ne m'appuyer que sur les déductions logiques, sur ma raison, j'ai eu l'impression que je tournais en rond et que je ne comprendrais jamais.

– Nous en avons déjà parlé, Jérôme.

– Pardon, mon commandant, je ne veux pas dire qu'il faut croire à l'irrationnel, pas du tout. Seulement, si vous partez sur une base autre que la leur, vous avez peu de chances d'entrer dans leur monde et de les amener à s'ouvrir. C'est pourquoi il est nécessaire de faire semblant de penser comme eux pour les mettre en confiance.

– Ah ! s'exclama Habib, c'est un point de vue auquel je n'avait pas pensé. Et d'après toi, qu'est-ce que je dois faire ?

– Supposons, mon commandant, que vous pensiez que tous ces meurtres ont été commis grâce à la magie, vous entrez de plain-pied dans leur univers. Leurs paroles prendront un sens tout à fait nouveau, jusqu'à ce que vous obteniez une preuve matérielle qui vous permette de vous guider.

Le commissaire regarda le jeune gendarme et hocha la tête plusieurs fois.

– Tu connais cette région mieux que moi, Jérôme, et tu as sans doute raison. Je suis quand même troublé depuis que je suis ici. Ce pays est le mien. J'y ai toujours vécu. Or j'ai l'impression d'avoir affaire à des gens différents de moi. En tout.

– Mon commandant, les Dogons sont un monde à part. Ils ont une explication à tout. Ils ont donc des certitudes. Pour eux, le doute n'existe pas. Je pense que c'est cela qui les rend si différents de nous qui avons connu plusieurs civilisations, plusieurs religions. Leur monde à eux est immuable.

– Ma foi, s'étonna le commissaire, te voilà devenu un spécialiste du monde dogon, Jérôme.

– Mais non, mon commandant, puisque personne ne pouvait m'aider, j'ai dû m'aider moi-même en trouvant des explications aux problèmes.

– Savoir se mettre à la place des autres, c'est une démarche que j'ai enseignée. Pourtant, moi-même, j'ai du mal à l'appliquer ici. Pourquoi ? J'espère que j'aurai la réponse avant la fin de cette enquête. En tout cas, un grand merci, Jérôme.

Le jeune lieutenant de gendarmerie ne fut pas insensible au compliment.

– Il y a un détail important, Jérôme, continua le commissaire. Il a fallu que je fasse croire au vieux Kansaye, l'oncle de Yadjè, qui est mort dans le duel, que nous sommes des gendarmes pour qu'il daigne nous accorder de l'intérêt. Les policiers, il ne semble pas connaître. Comment expliques-tu une telle attitude, toi qui vis parmi eux ?

– En fait, mon commandant, répondit le gendarme sans hésiter, pour les gens d'ici et je dirais même pour une grande partie de nos concitoyens, les policiers, ce sont les agents de la circulation routière qui rançonnent les chauffeurs de taxis et de taxis-brousse à longueur de journée. Ils ne font aucune différence entre la Criminelle et la Routière. La gendarmerie a une meilleure image, c'est pourquoi elle est plus respectée.

– Il n'y a donc pas que les citadins qui pensent ainsi ! C'est bien triste tout ça.

Quand le commissaire et le chef de brigade se séparèrent, il était presque minuit.

Chapitre 12

Conduite d'une main sûre, la moto d'Ali filait dans les rues poussiéreuses de Bandiagara. Assis à l'arrière, l'inspecteur Sosso se demandait comment le jeune homme se guidait dans l'obscurité, car, hormis quelques ampoules nues qui pendaient à la devanture de certains magasins ou la lumière blafarde des lampes à pétrole dont se servaient les marchandes de beignets, tout était sombre ici.

La moto s'immobilisa une dizaine de minutes plus tard devant une petite maison coquette dont la façade était illuminée par une ampoule au néon. Aussitôt, le gardien, assis sur un tabouret à côté d'un petit fourneau, se leva vivement et se porta au-devant d'Ali, qu'il appela « patron ». Il s'empara de la moto et la rangea un peu plus loin.

– C'est chez toi ? demanda Sosso à Ali alors qu'ils pénétraient dans la courette abondamment éclairée au néon.

– Non, c'est une maison qui appartient à Dolo, notre maire.

– Il vit donc ici avec sa famille ?

– Non, il habite son autre maison, un peu plus bas. Ici, c'est pour les copains.

– Je vois, dit Sosso.

Ils prirent place dans les fauteuils de velours rangés autour d'une petite table. Ali mit en marche une micro-chaîne, placée dans un petit meuble blanc, et un morceau de rap se fit entendre.

– Et toi, Ali, tu es marié ? demanda de nouveau le policier.

– Oui, mais ma femme est allée voir ses parents dans leur village.

– Des enfants ?

– Pas encore.

– Ça viendra.

– J'espère. Et toi ?

– Ni femme, ni enfant.

– À ton âge ! Tu n'as pas honte ?

– Et quel âge me donnes-tu ?

– Ben… trente-deux, trente-cinq ans.

– Trente-quatre. Et toi ?

– Trente-deux.

Une fille entra, annoncée par le bruit de ses chaussures à hauts talons sur le sol de ciment. Elle portait un tee-shirt rose largement échancré et une petite jupe bleue moulante. Un parfum exquis flottait autour d'elle et, dans la lumière, son bracelet en or brillait. Quel âge avait-elle ? Peut-être seize ans, peut-être moins. En tout cas, elle avait un joli minois et un corps mince et bien fait. Elle salua et, au son de sa voix, Sosso crut ne plus avoir de doute : la fille était mineure.

Ali fit rapidement les présentations et apprit au policier que l'adolescente, qu'il appelait Pitiou, était sa «chérie». Cette dernière, mal à l'aise, repoussait les mains baladeuses de son copain, qui réussit enfin à la faire asseoir à côté de lui, dans le même fauteuil, et à lui passer le bras autour de la taille. La fille murmura à l'oreille d'Ali, puis les deux entrèrent dans une chambre.

Demeuré seul, l'inspecteur imagina en souriant la réaction de son chef. Abandonner son hôte sans un mot n'est vraiment pas une façon africaine, pensa-t-il.

Dans la maison contiguë, une radio diffusait des chants religieux que quelqu'un tentait de répéter maladroitement d'une voix nasillarde, absolument fausse.

Ali et sa Pitiou finirent par sortir de la chambre. L'adolescente salua Sosso timidement et s'en alla en compagnie de son ami. Peu après, Ali revint.

– Elle est jolie, ta petite amie, dit Sosso. C'est une écolière ?

– Oui, reconnut Ali, mais elle n'est pas dans ma classe. Tu n'as pas encore vu celle d'Antandou : une vraie princesse, la plus belle du pays dogon.

Sosso sourit et ajouta :

– Ses parents habitent à Bandiagara ?

– Non, c'est la fille de celui qu'on surnomme le Chat. Tu le connais ?

– Je l'ai entrevu. Et le Chat ne voyait rien à redire à cette liaison ?

– Oh si ! Il avait même dit à Antandou de ne plus revoir sa fille, parce qu'elle était fiancée, mais Antandou était têtu. Il faut reconnaître que n'importe qui à sa place aurait fait la même chose. La fille était tellement belle. Ils ont continué à se voir, mais en cachette.

– Salut ! lança joyeusement Ouologuem en entrant dans la courette.

Son poignet était toujours orné de sa montre *Kili*, et il fumait une pipe assez extravagante. Contrairement à Ali, il avait une assurance qui frisait l'insolence. Il secoua vigoureusement la main de Sosso, qu'il n'hésita pas à appeler « petit flic », de façon, pensait-il, amicale.

– Tu es seul ? s'étonna Ali.

– Oui, admit Ouologuem, nous autres, on n'a pas de chance parfois. Sa mère l'a empêchée de sortir. On devrait faire comme monsieur le maire : ne prendre que des femmes mariées !

Ils rirent de ce bon mot.

– Je ne vois pas en quoi une femme mariée est plus facile à sortir qu'une jeune fille, dit Sosso.

– Erreur, inspecteur, rectifia Ouologuem, quand une femme mariée veut tromper son mari, elle y arrive toujours. Je sais ce que je dis.

De nouveau, les trois jeunes gens éclatèrent de rire.

– Oh, je ne suis pas pressé, moi, dit Ouologuem. Quand je serai un riche propriétaire terrien, un nabab, elles seront toutes à mes pieds. Faut pas être trop pressé. Ça viendra.

Le portable d'Ali sonna. Il conversa brièvement avec son interlocuteur et annonça que « monsieur le maire » n'allait pas tarder à arriver. Il voulait s'assurer que Sosso était présent.

– Excusez-moi, dit l'inspecteur, je vous trouvais beaucoup plus tendus ce matin, à la mairie.

– Ben, c'est normal, on est avec un flic, alors on n'a peur de rien, lâcha Ouologuem en riant.

– Au point de ne même plus craindre le vieux Kansaye ?

– Oh, tu sais, çui-là…

– Si je vous ai bien compris, ce matin c'est lui qui vous faisait peur parce que vous pensez que c'est lui l'assassin.

– Oui, reconnut Ouologuem, mais c'est difficile à expliquer. Nous, on croit que c'est lui, mais comme on ne le voit pas tuer, ben… tu vois…

– En clair, comment tue-t-il, d'après vous ?

– Par la magie. Voilà ce que nous ne vous avons pas dit ce matin. Cet homme est versé dans les sciences occultes. Il est capable de tout.

– Oui, mais vous n'avez aucune preuve.

– Est-ce que c'est nécessaire ?

– Pour la police, oui. Il pourrait vous attaquer en justice pour fausse accusation.

– Ah ! qu'il essaie un peu ! Il saura qui nous sommes, lança Ouologuem.

Monsieur le maire entra à son tour. Il salua Sosso avec courtoisie, taquina Ali en l'appelant « la poule mouillée » et donna une tape sonore dans la main de Ouologuem, qui lui demanda s'il était venu seul.

– Tu le vois bien, répondit le maire.

L'autre partit d'un long éclat de rire qui l'empêchait de parler à Sosso, dont il avait pris le bras.

– Tu sais, Sosso, ce qui est arrivé à monsieur le maire ?

Il rit encore, tout comme Ali et Dolo.

– Un soir, il est parti chez sa copine qui lui avait dit que son mari était en voyage et ne rentrerait que le lendemain après-midi. Il arrive chez sa copine, mais le mari était là. Alors le mari lui demande : « Qu'est-ce qu'il y a ? » Et tu sais ce que monsieur le maire a répondu ? « Je suis un portefaix, je viens voir si vous avez des bagages à transporter. » Et monsieur le maire était en costume-cravate !

Ce fut l'hilarité générale. De l'autre côté, dans la maison contiguë, on poussa la radio à fond, et la voix nasillarde lança :

– Maudits mécréants ! sans parvenir à faire taire les rires tonitruants.

Le maire lui-même s'était renversé dans son fauteuil, la gorge déployée.

Une femme apporta des verres, puis de la bière et des boissons sucrées, enfin plusieurs assiettes de brochettes de viande, de frites et de légumes, qu'elle déposa sur la table. Une odeur délicieuse se répandit dans l'air et les rires s'estompèrent.

– À l'attaque, Sosso ! lança le maire d'une voix enjouée en prenant une brochette.

– Parole de portefaix, ajouta Ouologuem en riant.

Ali semblait redevenu le timide jeune homme qu'il paraissait le matin. On eût dit que la présence de ses copains le mettait un peu mal à l'aise, à moins que ce ne fût l'atmosphère bruyante.

Le gardien servit la première tournée de thé avec une politesse qui ressemblait plutôt à de l'obséquiosité. Il ne cessait de répéter « missé lé maire » à tout bout de champ. Il attendit docilement que ses « patrons » eussent fini de siroter leur thé pour emporter les verres.

– Il sait faire le thé comme pas deux, constata Ouologuem.

– C'est vrai, acquiesça Sosso. Le thé, les brochettes, les légumes, tout est O.K. Vraiment.

– Alors buvons et mangeons.

Ali n'avait pas attendu et buvait déjà sa deuxième bière. Comme le matin, Sosso remarqua que sa langue se déliait et que ses yeux brillaient de plus en plus. Ses compagnons semblaient habitués à ces métamorphoses, car Ouologuem se moqua :

– Ali va bientôt entrer dans son Soyouz pour le cosmos.

– Alors, inspecteur, demanda le maire, cette enquête, ça avance ?

– Pas vraiment, répondit Sosso. Du reste, nous ne sommes là que depuis ce matin. C'est trop tôt. Il faudra sans doute un peu plus de temps. Mais nous avons rencontré le vieux Kansaye et, contrairement à ce que vous soutenez – Ali m'a tout expliqué – nous ne pensons pas du tout qu'il soit l'assassin.

– Ah bon ? s'étonna le maire, dont le regard s'assombrit quelque peu. Qu'est-ce qui vous le prouve ?

– Justement, rien ne nous prouve sa culpabilité. Au moment de la mort d'Antandou et de Nèmègo, il se trouvait ailleurs. S'il n'est pas entré chez Antandou, comment aurait-il pu le tuer ?

– Mais il n'a pas besoin d'être présent pour tuer ! s'indigna presque le maire. Le vieux Kansaye est capable de tuer à distance.

– Avec quoi ?

– Par la magie, voyons !

Puis, se tournant vers son adjoint, il cria presque :

– Ali, explique ce qui est arrivé à ton père !

Ali, visiblement gêné, dut faire un grand effort pour ouvrir la bouche.

– Kansaye et mon père se sont disputés. Kansaye a dit à mon père qu'il ne vivrait pas un jour de plus. Le soir, mon père est mort dans sa chambre alors qu'il n'était pas malade.

– Voilà ! s'exclama Dolo.

– Je comprends, dit Sosso, mais aucun magistrat ne tiendra compte d'un tel argument. Il faut des preuves, des faits ou même des présomptions susceptibles d'être prises au sérieux. C'est tout le problème. Je pense que vous faites une fixation sur Kansaye et que vous ne pouvez soupçonner personne d'autre que lui. Malheureusement, dans le cas présent, rien ne prouve sa culpabilité.

Les interlocuteurs de l'inspecteur cachaient à peine leur indignation, et Sosso à son tour s'étonnait de leur naïveté : comment pouvaient-ils penser que leur seule parole suffisait à établir la culpabilité d'un individu ? Il avait l'impression que ces jeunes gens n'attendaient de Habib et de lui que l'arrestation de Kansaye sans autre formalité.

– Tu sais, Sosso, insista le maire, cet homme fait peur à tout le monde, sinon ce ne sont pas les témoins qui manqueraient. Tout le monde sait ici quels sont ses pouvoirs occultes et le mal qu'il est capable de faire.

C'est pourquoi tout le monde se tait. Et si la police le laisse libre, il continuera ses crimes. C'est sûr. En tout cas, si vous cherchez un autre coupable, vous ne le trouverez pas, parce qu'il n'y a que lui et lui seul. Si vous ne nous écoutez pas, je ne sais pas quel sens aurait votre présence ici. Je pensais que c'était clair.

Paradoxalement, l'entêtement du maire et l'indignation muette de ses collaborateurs installèrent brutalement une certitude dans l'esprit de l'inspecteur Sosso : cette affaire était beaucoup plus sérieuse qu'elle n'y paraissait.

Les quatre convives demeurèrent silencieux tout en mangeant et buvant. Sosso éprouvait presque de la pitié pour ses hôtes. Enfermés dans leur fonction, dans la petite localité de Pigui, ils ne semblaient pas se rendre compte qu'au-delà de leur cercle de vie existait une autre réalité sur laquelle ils n'avaient aucune prise. Sosso les regarda tour à tour : pourquoi un rideau d'ombre semblait-il s'être abattu tout à coup entre eux et lui, alors que tantôt ils blaguaient comme des gamins ?

– Nous pensons différemment, constata Sosso.

Cela paraissait pourtant si évident ! En fait, il s'agissait moins d'une différence d'opinion que de conception du monde. Dès lors, quoi d'étonnant qu'ils s'indignent quand on nie la réalité qui s'est faite chair et sang en eux ? Cette vérité était si forte qu'elle réunissait Ali, fils de musulmans, avec des enfants de païens. Il était évident qu'on ne pouvait les comprendre, s'entendre avec eux que si on partageait, ne fût-ce que temporairement, leur vision du monde.

Maintenant, c'était au tour de l'inspecteur Sosso d'être quelque peu confus.

– De toute façon, tout cela est bien provisoire, dit-il. Il nous faudra écouter le maximum de témoins et envisager une multitude d'hypothèses. Peut-être arriverons-nous à la même conclusion que vous. Qui sait ?

L'atmosphère finit par se détendre quelque peu, mais la nuit avançait et il fallait travailler le lendemain.

– Ali est dans son Soyouz, constata Ouologuem en montrant son compagnon qui dormait en souriant.

Le maire ne voulut prendre aucun risque : il proposa à Sosso de le raccompagner et ordonna à Ouologuem de conduire Ali chez lui. Il était un peu plus de minuit.

Prenant Sosso à part, comme sous l'effet d'un coup de blues soudain, Ouologuem avoua :

– Tu sais, on étouffe dans ce pays. Toutes ces coutumes, cette religion, ces contraintes, on en a marre. Nous, on est jeunes et on veut vivre. Pigui, c'est l'enfer. Je ne cherche qu'une chose : être riche et foutre le camp. Pour les autres, c'est pareil.

*　　*

*

137

Sosso se dirigeait vers l'hôtel quand une pierre fusa et frappa le mur devant lui. Il se retourna : rien. Comme il continuait son chemin, un autre projectile rebondit contre le tronc de l'arbre tout à côté de lui, à la hauteur de sa tête. L'inspecteur n'hésita pas et se lança à la poursuite de la petite ombre qu'il crut apercevoir à une vingtaine de mètres. Elle s'engagea dans le dédale de Pigui et de toute la vigueur de ses petites jambes tentait de semer le policier qui gagnait du terrain.

À un détour du sentier, Sosso parvint à attraper le fugitif par un pan de sa chemise. L'enfant, car c'était bien un enfant, poussa un cri aigu d'une voix éraillée qui se brisa tout net. Mais, comme une anguille, il réussit à se libérer de l'étreinte du policier et détala de nouveau.

Essoufflé, l'inspecteur abandonna la partie et retourna sur ses pas. Il se sentit quelque peu ridicule d'avoir poursuivi le garçon à pareille heure. Or, devant lui, la petite ombre réapparut et se mit à esquisser un étrange pas de danse. Elle avait pris soin de se couvrir la tête d'un bonnet et semblait prendre un malin plaisir à narguer Sosso en disparaissant et réapparaissant dans les méandres de Pigui. D'ailleurs, le jeu commençait à amuser le jeune policier qui sourit.

Puis la petite ombre s'éclipsa un peu plus longuement, et devant Sosso se profila une ombre plus grande et plus inquiétante, car elle semblait tenir dans sa main droite quelque chose qui, dans le clair de lune, ressemblait à un coupe-coupe. Sosso se raidit. L'inconnu se fondit dans la pénombre et resurgit derrière le policier qui tâta son arme, sous son blouson. À présent, l'inconnu marchait sur Sosso, qui crut apercevoir un mouvement de la main tenant le coupe-coupe. Il serra son arme. L'autre avançait en silence tandis que l'inspecteur marchait à reculons. De part et d'autre, le rythme s'accélérait, si bien que Sosso sortit son pistolet. À cet instant, il crut entendre le rire saccadé de son poursuivant sans visage, qui, de nouveau, se fondit dans la pénombre, mais ne réapparut plus. Sosso n'était plus qu'à quelques mètres de l'hôtel.

« Qui donc veut m'effrayer ainsi ? » se demanda-t-il.

CHAPITRE 13

Quand Sosso, enfin réveillé, entra dans la salle du petit déjeuner, son chef s'y trouvait déjà. Il se dirigea vers lui et le salua gaiement.

– Tiens, tu parais de bonne humeur, Sosso, remarqua Habib. La fête n'a donc pas duré toute la nuit ? Ça ne te ressemble pas.

– Je suis revenu à l'hôtel un peu après minuit, chef.

– Je suis allé dans ma chambre presque au même moment, après le départ de Jérôme.

Sosso se servit et regagna sa place. C'est alors qu'il remarqua que son patron n'avait bu que du café, alors que le buffet regorgeait de victuailles. Il le lui fit remarquer.

– Tu sais, avoua le commissaire, je me méfie de tout depuis l'histoire des chiens.

Malgré toute la force de persuasion de l'inspecteur, le commissaire ne mangea rien.

– J'ai l'impression que nous n'allons pas tarder à être à égalité, chef. Moi, ce sont les caïmans que je ne veux pas voir, et vous, la chair de chien. Chacun de nous a finalement son épouvantail, constata l'inspecteur.

– Moque-toi, Sosso, dit Habib en souriant, on verra bien. Mais, dis-moi, elle t'aura quand même servi à quelque chose, ta soirée ?

– Absolument, chef. J'ai fait deux constatations, pour commencer. Premièrement, nous ne sommes ici que depuis un jour, même si nous avons l'impression que c'est depuis plus longtemps.

– Nous sommes tout à fait d'accord. Il n'y a donc pas de quoi paniquer. Nous devons prendre en compte le rythme du pays.

– Deuxièmement, en écoutant le maire et ses jeunes adjoints, j'ai compris qu'il y a une frontière entre eux et nous : nous concevons le monde différemment. Or, tant que nous ne serons pas entrés dans leur univers, il nous sera difficile de les comprendre et de comprendre le problème qui nous amène ici. Cela est valable dans nos rapports avec tous les habitants de Pigui.

Le visage du commissaire s'illumina d'un large sourire, chose inhabituelle.

– Tu sais que tu viens de me redire exactement ce que m'a dit Jérôme ?

– Ah ?

– Oui, Sosso, exactement. Voici donc deux points sur lesquels nous sommes d'accord. Je me suis réveillé tôt ce matin et je n'ai pas cessé d'y réfléchir. Ça paraît relever de l'évidence, une telle démarche. Je l'ai apprise, je l'ai enseignée et pourtant, ici, je ne m'en suis pas souvenu. Pourquoi ? Sais-tu pourquoi, Sosso ?

– Non, justement, chef.

– Eh bien, c'est parce que, sans m'en rendre compte, je les méprisais, ces gens-là. J'ai été façonné à l'école occidentale, qui m'a appris la rationalité, le cartésianisme. Tout ce qui sortait de ce mode de penser n'était pas digne d'intérêt. Or, ceux à qui nous avons affaire ici n'appartiennent pas à notre univers et nous n'osons pas nous avouer que nous les tenons, du point de vue de la pensée, pour des primitifs. Alors nous les méprisons. J'ai eu mal ce matin, parce que j'ai découvert cette vérité. Tu vois, les choses ne sont pas aussi simples, et nous-mêmes, imbus de notre science, nous ne savons pas qui nous sommes. Il ne s'agit pas, en fait, de faire semblant de les comprendre, mais d'admettre qu'ils ont le droit d'avoir leur univers à eux.

Le commissaire demeura un moment les yeux fixés sur sa tasse vide dont il dessinait le contour avec son doigt. Sosso mangeait lentement.

– Mais, comme je te l'ai toujours dit, mon petit, continua-t-il, nous sommes des policiers et non des philosophes. Alors continue le récit de ta soirée, s'il te plaît.

– Donc, continua Sosso en cherchant ses mots, nos trois amis étaient tous présents dans une maison qui appartient à Dolo, le maire. Mais il n'y habite pas. En somme, c'est un lieu réservé aux réjouissances de la bande. Avec un gardien spécialement recruté pour s'occuper de l'endroit. Ce qui frappe d'abord, c'est l'aisance matérielle de ces jeunes gens-là. Ils semblent n'avoir aucun souci d'argent.

– Je l'ai remarqué aussi quand nous étions à la mairie hier. Les grands boubous de luxe, la montre en or de Ouologuem, les lunettes de marque, les vêtements de bonne coupe, tout cela détonne naturellement dans une petite commune où tout le monde est simplement habillé tous les jours. On se demande même pourquoi tant de luxe est affiché.

– Attendez, chef, vous n'avez pas vu leurs petites copines. Tirées à quatre épingles avec sacs et parfums de luxe, bijoux en or, etc.

– Est-ce qu'ils sont mariés ?

– Tous.

– Et ils ont des maîtresses, naturellement.

– Oui, chef. Ali, par exemple, a pour copine une des élèves mineures de son école.

– Tiens ! On a beau être jeune, il y a quand même une limite à ne pas franchir. Surtout quand on est enseignant. Il est bien enseignant, Ali ?

– Oui, chef. Et d'une façon générale, ils ont tous les trois un problème du côté des femmes. Le maire, lui, ne va qu'avec les femmes mariées, et Antandou vivait en cachette avec la fille du Chat.

— La fille du Chat ?

— Oui, chef. Et il paraît que c'est la plus belle du pays !

— Ah oui ? C'est un problème d'hérédité ; ça nous dépasse.

— Donc, ce ne sont pas des jeunes gens très, très sages. Disons que, du côté de la moralité, ils ne se cassent pas la tête.

— Je suppose que c'est l'argent qui leur permet tous ces écarts.

— Effectivement, l'argent compte beaucoup pour eux. Ouologuem, lui, ne cesse d'en parler. Il ne rêve qu'au moment où il sera riche.

— Voilà qui n'est pas flatteur pour la mairie de Pigui. Ce qui m'étonne, c'est qu'une population aussi attachée à ses traditions se soit donné des responsables aussi jeunes et si peu responsables. Remarque que, d'après Diarra, il n'y a eu que 6 % de votants. Mais quand même ! Vu la façon dont tu les dépeins, j'ai effectivement l'impression d'avoir affaire à une bande. Mais passons.

— Ils sont donc convaincus, continua Sosso, que le vieux Kansaye est l'assassin d'Antandou et de Nèmègo et celui qui les menace. Naturellement sans aucune preuve. Mais ils n'en démordent pas. Il paraît que Kansaye est doté de pouvoirs magiques lui permettant de tuer à distance. Le plus intéressant, c'est que j'ai eu

145

le sentiment que nos bonshommes sont certains que nous ne sommes venus ici que pour exécuter un ordre : arrêter celui qu'ils désignent comme le meurtrier. Comme s'ils voulaient l'éliminer. En tout cas, c'est le sentiment que j'ai eu.

Le commissaire devint pensif. Il regarda fixement son collaborateur et lui demanda :

– Ont-ils cité le nom d'un responsable politique ou administratif à Bamako ?

– Non, chef. Enfin, mon sentiment est que cette affaire est plus qu'une histoire de meurtre ordinaire. C'est plutôt un pressentiment.

– Parfait, Sosso. Le chemin s'éclaire un peu à présent. Il nous faut savoir d'où vient l'argent de nos trois amis, quels rapports ils ont avec leurs administrés. De même, nous rendrons visite aux parents de Nèmègo et d'Antandou. Il nous faudra sans doute voir le Hogon, mais, puisqu'il est malade, nous attendrons. Je pense à ce que tu viens de dire, Sosso : il est fort possible que ce ne soit pas qu'une banale affaire de meurtre.

Passant sans transition à un tout autre sujet, Sosso dit :

– Chef, vous devriez essayer les boulettes de viande, elles sont délicieuses. C'est du bœuf.

– Inutile, Sosso, tu n'y arriveras pas, laissa tomber le commissaire. Mais, dis-moi, le Chat voyait-il d'un bon œil la liaison de sa fille avec… Antandou ? Parce que, lui, il est en quelque sorte le gardien des traditions.

– Il paraît qu'il s'y était farouchement opposé et avait mis Antandou en garde.

– Hum, je vois. Je te propose de nous installer au petit hôtel de Pigui. Il ne paraît pas si mal, même s'il ne présente pas le même confort que celui-ci. L'avantage, c'est que nous aurions moins à nous déplacer. Ces va-et-vient incessants deviennent finalement fatigants, d'autant plus que nous ne savons pas quand l'enquête va prendre fin. Qu'en penses-tu ?

– Si c'est utile, pourquoi pas, chef ? J'espère qu'il y a des chambres disponibles là-bas.

– Alors c'est parfait. On y va. S'il te plaît, porte ta tenue, ça peut nous être utile.

– Entendu, chef.

Le portable de Sosso sonna. Le jeune homme conversa quelque temps avec son interlocuteur et expliqua à Habib :

– C'est Jérôme, chef. Il vous dit bonjour et il nous invite à dîner. Il nous apprend aussi qu'il y a une danse des masques aujourd'hui à Pigui. Il est possible qu'il y soit. Je lui ai dit que nous pourrions y être aussi. Je ne sais pas si j'ai bien fait.

– Excellent tout ça, Sosso. Maintenant, allons-y ! Mais, dis-moi, tu as remarqué le changement de comportement de Samaké, notre chauffeur ? C'est étrange ! Il ne parle pratiquement plus, ne plaisante plus. C'est à peine s'il me regarde.

147

– Je m'en suis rendu compte, chef, et j'ai compris pourquoi.

– Ah?

– Parce qu'il a découvert que nous sommes des policiers.

– Tiens! Il ne le savait pas?

– Apparemment non.

– Et après? Y a-t-il un mal à conduire des policiers?

– Peut-être que les policiers ne sont pas des gens très fréquentables, chef, insinua Sosso.

Ils éclatèrent de rire.

CHAPITRE 14

À dix heures, il y avait foule sur la place publique quand le commissaire Habib et l'inspecteur Sosso arrivèrent, accompagnés du chef de brigade et d'un jeune homme maigre au teint clair, que le gendarme appelait Poulo et avait présenté comme étant un collaborateur de la gendarmerie. Le petit groupe préféra se tenir un peu à l'écart de la foule, sur une petite élévation surplombant le lieu.

– C'est un Dama, aujourd'hui, expliqua le jeune homme. C'est-à-dire que ce sont les funérailles d'un vieillard respecté de toute la communauté. Mais, vous allez voir, ce sont surtout des réjouissances et non des lamentations. Les masques vont apparaître dans l'ordre éternel et je vais vous donner leur nom. En fait, aujourd'hui, c'est la fin des funérailles. Vous avez raté les cérémonies précédentes.

Le jeune homme semblait sûr de lui, mais il avait un style quelque peu ampoulé qui fit sourire le commissaire, surtout quand il fut question de « l'ordre éternel ». Enfin, on n'allait quand même pas bouder son plaisir et se montrer ingrat à l'égard du chef de brigade, qui avait eu l'excellente idée d'amener un connaisseur des coutumes et des traditions dogons.

La foule devenait de plus en plus nombreuse, et les musiciens, sans doute à l'approche de l'ouverture de la cérémonie, redoublaient d'enthousiasme. Tambours, tambourins et castagnettes de toutes sortes mêlaient leurs sons avec ardeur.

– C'est bizarre, dit Poulo, ça tarde à commencer. C'est inhabituel.

– Pourquoi donc ? l'interrogea Sosso.

– Peut-être qu'un des danseurs est en retard. Peut-être…

– Et ça arrive souvent ?

– Non, très rarement. En tout cas, je ne me souviens d'aucun fait semblable.

Effectivement, il fallut attendre quelques minutes encore pour qu'un mouvement de foule annonçât l'arrivée des danseurs.

– Le « jeune berger » ! avertit le guide quand apparut un premier danseur masqué.

Il portait une jupe de raphia noir et rouge sur un pantalon bouffant bleu, et ses bras et avant-bras étaient ornés de bracelets de raphia de mêmes couleurs que l'accoutrement. Il tenait une queue de vache qui suivait les mouvements de son corps. Le masque était en fait une espèce de cagoule blanche ornée de cauris et percée de deux fentes pour les yeux.

Après le «Brigand» apparurent le «Lapin» et le «Lièvre», avec leurs grandes oreilles caractéristiques, puis les jeunes filles peules, bambaras, dogons, dont les porteurs ont la poitrine ornée de faux seins et arborent un cimier cousu de cauris et de fausses pierres. Une longue procession de masques suivit ensuite, allant du goitreux au vieillard en passant par la «Gazelle», le «Buffle», la «Biche», puis la «Dame supérieure», les «Kanaga», les «Maisons à étage», masques prolongés d'une planche de bois haute de plusieurs mètres, et enfin les «Échasses», des danseurs masqués montés sur des échasses.

Les masques dansèrent en cercle, puis, chacun à son tour, s'inclinèrent, pour l'honorer, devant un ancien ayant occupé, avant eux, leur place dans la société des masques.

– C'est pour montrer à quel point il est difficile d'être porteur de masque. Danser avec un tel poids sur la tête n'est pas donné à tout le monde. C'est pourquoi les jeunes danseurs en activité remercient les anciens à la retraite de leur avoir ouvert le chemin, expliqua le guide.

À un moment donné, dans la foule, on entendit des sifflets, comme des chasseurs appelant leurs chiens. Aussitôt les lapins et les lièvres oublièrent la danse et se fondirent dans la foule pour échapper aux chiens qui ne tarderaient pas à surgir. Malheureusement pour eux, d'autres spectateurs crièrent : « Les chiens arrivent ! Les chiens arrivent ! » Les pauvres lapins et les lièvres abandonnèrent leur abri et, ne sachant que faire, s'enfuirent vers les danseurs, puis vers la foule de nouveau, à la grande joie des enfants.

La danse la plus impressionnante fut sans doute celle de la première Maison à étage. Son porteur devait être d'une force herculéenne, car balayer le sol avec la cime de ce masque, relever la tête, la tourner en tous sens et refaire ces gestes sans discontinuer, c'était le torticolis assuré. Mais le danseur semblait ne même pas se rendre compte de l'effort qu'il fournissait.

Et tout cela dans un tohu-bohu effrayant de cris d'animaux, de musique, de hurlements de la foule. Au rythme de la musique, les danseurs se contorsionnaient, sautaient, tournaient en rond tout en avançant, à donner le vertige.

– Je vais vous confier un secret, murmura le jeune guide, le porteur du premier masque de la Maison à étage, c'est le Chat. Je ne sais pas si vous l'avez déjà vu, mais c'est un homme qui a une force hors du commun. C'est aussi lui le plus grand devin du pays. Un homme mystérieux et craint. En fait, on évite de parler de lui. Ici, la nuit lui appartient.

Le commissaire hocha la tête.

– Vous savez, continua le guide, celui qui porte le masque cesse d'être lui-même et se confond avec le personnage qu'il représente. Ici, le masque est un élément extrêmement important de la vie sociale. Rien de significatif ne se déroule sans la présence du masque.

On sentait que la cérémonie prenait fin, les masques retournaient à leur sanctuaire et la foule se dispersait.

*   *

*

– Impressionnant, dit Habib alors que, avec son petit monde, il marchait vers l'hôtel *La Falaise*. Tout cela est tellement bien pensé, tellement ordonné !

– Ça a, de tout temps, été comme ça, expliqua le guide.

– Je n'en doute pas, mais, en regardant le spectacle, je me disais qu'il avait une fonction plus importante que celle de divertissement. Il y a une communion telle entre les spectateurs, une telle joie de vivre générale qu'on ne peut s'empêcher de penser à la fonction éminemment sociale de la cérémonie. C'est la première fois que j'y assiste, mais je suis incroyablement impressionné.

Sans transition, le commissaire demanda au guide :

– Dites-moi, je vous entendais expliquer à Sosso que la cérémonie avait commencé en retard. Comment un danseur peut-il être en retard à une telle fête ? On peut penser qu'il sera sanctionné, n'est-ce pas ?

– Sauf si c'est le Chat, expliqua le guide en souriant.

153

– Sauf si c'est le Chat, bien sûr, répéta Habib.

L'attention du groupe fut attirée par une femme qui venait à sa rencontre en parlant avec des gestes de comédien de théâtre. En fait, c'était le chef de la brigade de gendarmerie qui l'intéressait.

– Excusez-moi, patron, dit-elle quand elle fut suffisamment proche, je suis l'épouse de Garba. Il travaille chez vous, c'est un gendarme. Aidez-moi, chef, parce que Garba est devenu fou.

– Il est devenu fou ? s'étonna le lieutenant Diarra. Mais il est venu travailler ce matin ! Je l'ai laissé au bureau !

– Oui, chef, mais il est devenu fou. C'est la vérité que je vous dis là. Il a quitté le travail il n'y a pas longtemps. Il est allé à la maison, il a pris une natte et il est parti se coucher à côté de la brebis rousse. Il n'arrête pas de lui parler comme à une femme. Garba a perdu la tête, chef. Ça fait des années que ça dure. J'étais sûre que ça finirait comme ça. Aidez-moi.

– Rassurez-vous, madame, je lui parlerai et il arrêtera, dit le chef de brigade à la malheureuse épouse en pleurs, qui, après maintes bénédictions, leur tourna le dos.

– Ce n'est certainement pas gai de se croire co-épouse d'une brebis, fût-elle rousse, laissa tomber le commissaire. La pauvre !

– Incroyable ! intervint Jérôme. J'ai tout essayé pour qu'il se détache un peu de ses moutons, mais rien à faire ! Je n'ai jamais connu pareille situation.

– Dommage qu'il n'y ait pas un écrivain parmi nous. « L'homme qui était amoureux fou des moutons », quel sujet captivant ! plaisanta le commissaire.

Jérôme, en revanche, demeurait soucieux.

Ils arrivèrent devant l'hôtel et allaient se séparer quand un bruit de moto lancée à toute vitesse les fit se retourner et s'écarter précipitamment. C'était Ali qui conduisait comme un fou. Il freina si fort que les roues de l'engin patinèrent et qu'il fut déséquilibré. Sosso se lança à son secours et parvint à le retenir au moment où il allait basculer par-dessus le guidon. Le jeune homme était hagard et tremblait de tous ses membres. Il s'agrippa à l'inspecteur, s'agitant comme un possédé.

– Qu'est-ce qui t'arrive, Ali ? lui demanda Sosso en tentant de l'immobiliser

– Ouologuem ! Ouologuem ! aboya Ali. Mort ! Mort !

– Ouologuem est mort ? C'est bien ce que tu as dit ?

– Ouologuem ! Ouologuem ! Tué !

Puis, se libérant de l'étreinte de Sosso, Ali releva sa moto, remit le moteur en marche et démarra brusquement. La surprise fut telle que personne ne fit le moindre geste pour le retenir. Tous se contentèrent de le regarder s'en aller comme une flèche.

– Jérôme, dit le commissaire, comment savoir où habite Ouologuem ?

– Je peux vous y conduire, moi, se proposa le jeune guide au teint clair.

– Alors, allons-y ! Il ne faut pas qu'on enterre le mort avant que nous ne l'ayons vu, dit Habib.

Et, aucune voiture ne pouvant se faufiler entre les cases, ils durent se mettre en route, à pied, presque au galop.

CHAPITRE 15

La maison de Ouologuem se situait un peu à l'écart des autres habitations. Lorsque le commissaire Habib et son monde y pénétrèrent, il y avait sept autres personnes assises juste à l'entrée du petit appartement de terre, l'air accablé. Une femme, certainement l'épouse, pleurait silencieusement, soutenue par une autre, plus âgée.

– Où se trouve le corps ? demanda impérativement le lieutenant Diarra.

Un homme se leva et, d'un geste, indiqua l'intérieur de la maison. Il y conduisit le gendarme et les policiers.

Effectivement, dans la pénombre, Ouologuem reposait en travers du lit, en pyjama, les yeux fixés au plafond. Il avait tellement enflé qu'on ne distinguait plus que son ventre dans lequel son cou semblait avoir disparu. Après avoir ouvert la fenêtre, le commissaire examina le corps attentivement. Selon ses instructions, le chef de la brigade de gendarmerie de Bandiagara ordonna à l'hôpital de faire venir des brancardiers, après que l'équipe de l'identité de la gendarmerie eut pris des photos. Peu après, le mort fut transporté à travers les ruelles jusqu'à l'ambulance. De mémoire d'habitant de Pigui, jamais on n'avait vu un tel spectacle : un cadavre d'homme, trimballé entre les cases en dehors de toute cérémonie rituelle. Des attroupements s'étaient formés le long du chemin emprunté par les ambulanciers.

– Qui est l'épouse du défunt ? interrogea le commissaire en sortant de la chambre.

– C'est moi, répondit la jeune femme que soutenait la vieille.

– Quand avez-vous découvert le corps de votre mari ?

– Il y a juste quelque temps. Je l'ai laissé ici ce matin avant d'aller voir mes parents à Bandiagara. Il m'a expliqué qu'il était fatigué et qu'il avait envie de dormir encore un peu avant d'aller travailler. À mon retour, juste après la danse des masques, je l'ai découvert couché, comme ça. Son ami Ali était venu voir ce qu'il avait et il est entré dans la maison en même temps que moi. Nous avons découvert le corps ensemble.

– Vous habitez ici avec qui d'autre ?

– Notre bonne, Naï. C'est elle qui est assise là-bas.

Le commissaire rejoignit la fille, qui avait de gros yeux rouges à force d'avoir pleuré.

– Qui d'autre que vous était dans cette maison ? lui demanda Habib.

– Personne, répondit la fille en reniflant.

– Est-ce que vous avez quitté la maison, même un instant ?

– Non. Je suis restée ici jusqu'à l'arrivée de ma patronne.

– Et vous êtes absolument sûre que personne, à part vous, ne se trouvait dans la maison, ni y est entré ?

– Oui, je le jure, il n'y avait personne d'autre que moi.

– La porte de la chambre de Ouologuem était-elle ouverte ou fermée ?

– Fermée.

– Vous en êtes sûre ?

– Oui, je le jure. Personne ne l'a ouverte.

Le commissaire retourna dans la chambre, qu'il examina attentivement, et se pencha par la fenêtre.

– Jérôme, dit-il, est-ce que tu peux insister pour que le médecin de Bandiagara fasse une autopsie du corps le plus rapidement possible ?

– Entendu, mon commandant, répondit le lieutenant Diarra, qui téléphona aussitôt de son portable.

– Je crois que sur un point au moins le maire et ses collaborateurs avaient raison, dit le commissaire à Sosso. Ils avaient raison de craindre pour leur vie.

– Oui, chef, l'un d'entre eux est mort, même si on ne sait pas encore comment.

– Ça ne va pas tarder, j'espère.

Des fenêtres et par-dessus les clôtures, des centaines d'yeux observaient le commissaire Habib et son petit monde marchant dans le dédale des sentiers. Ce n'était pas la curiosité qui brillait dans ces regards, mais de l'incompréhension ou une sourde colère.

– J'ai l'impression que désormais on ne nous regardera plus de la même manière à Pigui, prophétisa Habib.

– Il est vrai, fit remarquer le guide, que ce genre de traitement d'un mort est assez inhabituel par ici. C'est comme si l'autorité s'immisçait dans une affaire qui ne la concernait point.

– La guerre a commencé en somme, dit Sosso.

– Je ne sais pas si on peut employer ce mot, mais vous ne devriez plus vous attendre à de la bienveillance de leur part.

– Alors c'est entendu, conclut Habib.

Le lieutenant Diarra prit congé en même temps que l'équipe de l'Identité. À la demande du commissaire, le guide accepta d'indiquer aux policiers la maison des parents d'Antandou et de Nèmègo, distantes de quelques dizaines de mètres. Le commissaire remercia le guide en lui donnant une rémunération dont l'importance dut le surprendre, car il sembla incrédule, hésita un moment, puis se répandit en remerciements qui n'en finissaient pas.

– À présent, nous ne pouvons plus compter que sur nous-mêmes, Sosso, dit Habib. Sur nous-mêmes et sur ta tenue.

– Effectivement, convint l'inspecteur. Vu le changement de climat, elle nous sera fort utile, je crois.

*   *
*

Chez les parents du défunt Nèmègo, sans l'uniforme de son collaborateur, le commissaire aurait eu effectivement de la peine à trouver un interlocuteur bienveillant. Toutefois, si, bon gré mal gré, il déliait les langues, l'uniforme présentait aussi l'inconvénient de provoquer instantanément la méfiance des villageois. Ce jour-là, seuls le père de Nèmègo et ses deux épouses étaient présents. L'homme, d'un certain âge mais encore solide, tressait des cordes, assis sur une peau de mouton, à même le sol. Habib et Sosso se soumirent à l'inévitable rituel du pot d'eau de bienvenue après qu'on leur eut présenté des escabeaux. Ensuite, le chef de famille s'enquit de l'objet de la visite des étrangers alors que les femmes s'étaient éclipsées.

– Comme vous le voyez, commença le commissaire, nous sommes venus de Bamako pour nous rendre compte de la façon dont les choses marchent ici, à Pigui et dans les villages environnants. Je sais que votre fils Nèmègo est mort il n'y a pas longtemps. C'est pourquoi nous sommes là. Seulement pour comprendre. Si vous pouviez nous y aider, ce serait une excellente chose.

L'homme regarda ses hôtes et hocha la tête plusieurs fois sans parler. Ce silence dura si longtemps que le commissaire crut qu'il était le signe d'un refus de répondre. Aussi Habib voulut-il s'adresser de nouveau à son hôte. C'est juste à ce moment que ce dernier parla d'une voix équivoque.

– Est-ce que je suis obligé de vous répondre ?

– Ne parlons pas en ces termes, lui répondit Habib. Entre gens respectables, il ne peut exister que des rapports de respect. Vous êtes un chef de famille, vous êtes un homme âgé et je ne vous manquerai pas de respect en vous obligeant. Non. Seulement, j'ai un travail à faire et je vous demande de m'aider. Il n'y a pas d'obligation.

L'homme soupira profondément. En fait, son silence était le calme qui précède l'orage. C'est alors seulement que les policiers se rendirent compte que ses yeux avaient rougi et que des gouttelettes de sueur perlaient sur son front. Sans doute venait-on d'échapper à un drame.

– C'est de Nèmègo que vous parlez, n'est-ce pas ? demanda l'homme d'une voix pas encore tout à fait apaisée.

– Oui, c'est bien de lui que je parle, confirma le commissaire, vaguement inquiet de ne pas savoir où son interlocuteur voulait le mener.

– De mon fils Nèmègo ? insista l'homme.

– Oui, de votre fils Nèmègo.

Ce fut de nouveau le silence. Le père soupira encore, mais plus faiblement, puis il parla sans regarder ses hôtes.

– La vie est une marche. Qu'on aille en avion, à vélo, en pirogue ou à moto, la vie ne sera jamais qu'une marche. Il arrive fatalement le jour où l'on fait un faux pas. Alors, ce jour-là, la marche prend fin, la vie s'arrête. C'est le lot de tout ce qui respire, hommes et animaux. Ne pas marcher, c'est mourir ; marcher, c'est mourir un jour. Nous disons bien que le soleil est tombé, n'est-ce pas ? Eh bien, s'il tombe, c'est qu'il a marché. Vous me direz oui, mais il renaît chaque jour. Erreur, le soleil ne renaît pas. C'est une illusion : c'est un nouveau soleil qui naît. Sinon, si c'était le même soleil qui renaissait sans cesse, ne nous apporterait-il pas les mêmes choses tout le temps ? Lundi n'est pas mardi, mardi n'est pas mercredi, et mercredi n'est pas jeudi. Le lundi de cette semaine n'est pas pareil que le lundi de la semaine prochaine. Ils portent le même nom, c'est tout. Est-ce que vous m'avez compris ?

Le vieil homme regarda fixement ses hôtes. Toute colère avait disparu de son visage, désormais empreint d'une grave sérénité. Le commissaire Habib se doutait qu'il devait passer le test. De sa réponse dépendrait le crédit que son hôte lui accorderait, tant il est vrai que, dans cet univers, toute relation humaine s'établissait selon les classes d'âge. Si, malgré ses fonctions et son autorité administrative, le commissaire demeurait un adolescent, à quoi bon discuter avec lui ? « Admettre qu'ils ont eux aussi leur propre univers », se souvint Habib.

– Oui, c'est la pure vérité, confirma le commissaire, car l'homme qui se relève n'est pas le même que celui qui est tombé. C'est pourquoi chacun de nous vit un matin et un soir. Celui qui ne comprend pas cette vérité ne comprend rien à la vie.

L'hôte regarda de nouveau le commissaire en hochant la tête : il n'y avait pas de doute, le dialogue avec lui était possible.

– Nèmègo était mon fils, continua le vieil homme. Un fils valeureux qui ne demandait qu'à servir ses semblables. Il était l'ami de Yadjè, un vrai ami. Mais vous connaissez sans doute la suite : un jour, il a fait un faux pas et il est tombé.

– Je comprends, dit Habib. Saviez-vous que les deux amis allaient se battre en duel sur la falaise ?

– Oui, mais si vous voulez savoir si je l'y ai autorisé, alors je réponds non. Ils étaient des hommes, ils devaient décider par eux-mêmes. Le duel était à leur honneur.

– Je ne peux m'empêcher de me poser une question : vous saviez que l'un des deux allait mourir. Vous auriez pu les aider à résoudre leur conflit autrement.

– C'est tout comme si vous me disiez que l'homme qui se relève est le même que celui qui tombe. Si Nèmègo avait agi autrement, quelle image aurait-il laissée de lui ?

– Mais il y a quand même l'amour d'un père pour son fils ! Vous aimiez Nèmègo.

– Oui, j'aimais Nèmègo, celui qui a agi tel qu'il l'a fait. Un autre Nèmègo aurait été un étranger pour moi.

– Il n'est pas mort sur-le-champ, Nèmègo, mais le lendemain. Et, d'après mes informations, ses blessures, malgré leur gravité, n'étaient pas forcément mortelles. Que s'est-il donc passé ?

Le vieil homme ne répondit pas aussitôt, comme s'il réfléchissait. Il demeura les yeux fixés au sol. Quand il releva la tête, il regarda non pas son interlocuteur, mais vaguement devant lui.

– Nèmègo est mort, c'est ce que je retiens, laissa-t-il tomber d'une voix blanche.

– Le jour de sa mort, avez-vous reçu une visite ? demanda Habib.

– Non, répondit l'hôte, dont c'était le tour de ne pas savoir à quelle sauce son interlocuteur voulait le manger.

– Quand Nèmègo est-il mort exactement ?

– La nuit, dans son sommeil.

– Je sais que son corps était démesurément enflé. Est-ce vrai ?

– Oui, mais cela n'a aucune importance.

– Est-ce un phénomène habituel ici ?

– Les individus ne sont pas identiques ; les morts non plus.

– Si vous n'avez pas reçu de visite, le jour de la mort de Nèmègo, puis-je savoir qui a eu accès à sa chambre ce jour-là ?

– Personne d'autre que moi. C'est moi qui l'ai soigné, moi seul. J'avais fait sortir les femmes. Toute la journée et tout le soir, je suis resté assis là, comme en ce moment. Il dormait. Il est mort dans son sommeil.

– Je vais vous poser une dernière question : s'il avait survécu à ses blessures, comment vous seriez-vous comporté à son égard ?

– Il aurait cessé d'être mon fils et je lui aurais ordonné de quitter ma maison.

– Pour vous, sa mort valait donc mieux que sa survie ?

Le vieil homme ne répondit pas. Son visage s'était assombri de nouveau. Il était temps pour les policiers de prendre congé.

*   *

*

Il était presque midi et le soleil était blanc. Les nuages gris qui s'amoncelaient dans le ciel annonçaient sans doute l'hivernage prochain. Les ruelles de Pigui demeuraient désertes et le village paraissait bien triste. Le commissaire Habib et l'inspecteur Sosso se dirigeaient vers la maison d'Antandou.

– Chef, dit Sosso, je crois que, moi, je n'arriverai jamais à mener une enquête hors de Bamako.

– Tiens, et pourquoi, Sosso ?

– Parce que je ne m'en sens pas capable. Vous avez vu la façon dont le père de Nèmègo vous a parlé ? Des périphrases, des images, des proverbes. Il faut connaître tout ça, chef, pour parler avec les villageois.

– Allons, allons, Sosso, pas de défaitisme, lui répondit Habib en souriant. C'est vrai que c'est une autre façon de parler. Mais souviens-toi de ce que tu me disais ce matin : il faut entrer dans leur monde. Tout s'apprend, Sosso. Tu as le temps. Je me rappelle – et, ça, je ne te l'ai jamais raconté – la première fois qu'une enquête m'a mené dans un village, j'ai dû abandonner. J'avais fini par dresser tout le village contre moi, tant je méprisais les conventions les plus élémentaires sans m'en rendre compte. J'ai chargé un de mes agents de s'en occuper. Il était plus âgé que moi et avait grandi en brousse. Eh bien, lui, il a réussi. Tu as le temps, Sosso.

Au moment où ils posèrent le pied sur le seuil de la maison, un adolescent, perclus comme un pantin désarticulé, qui marchait à l'aide de deux cannes, se planta devant eux et les toisa.

– C'est bien la maison d'Antandou ? lui demanda Sosso.

– Oui, répondit le jeune homme, mais il n'y a personne ici. Ils sont tous partis quelque part.

– Et toi ?

– Je m'appelle Ambaguè. Je suis le petit frère d'Antandou. Et vous ?

– Comme tu le vois, nous sommes des policiers et nous désirons voir les parents d'Antandou. Est-ce que tu acceptes de parler avec nous un moment ?

– J'allais aux champs.

– Nous pouvons y aller avec toi, remarque. Si tu le veux bien, Ambaguè.

– D'accord, dit Ambaguè, mais attendez-moi un moment.

Le garçon retourna dans la maison et reparut sur un fauteuil roulant de fabrication artisanale, fait de matériaux de récupération : des plaques de tôle, un guidon, des moyeux et des chaînes de vélo, des roues de cyclomoteur, tout cela grossièrement repeint en bleu et en gris.

– Allons-y ! ordonna Ambaguè.

Les policiers le suivirent. Ambaguè devait s'aider vigoureusement de ses mains pour faire avancer son fauteuil, dont les roues tordues se bloquaient parfois entre les ronces ou les pierres.

– J'allais tout le temps aux champs avec Antandou. C'était mon frère et mon ami. Parfois, on y allait avec Nèmègo. C'était son ami.

– Il dormait dans la maison de votre père, Antandou ?

– Oui. Il dormait avec moi dans la même chambre.

– Même le jour où il est mort ?

– Oui. Quand je me suis levé, j'ai voulu le réveiller, comme chaque matin. Mais il ne m'a pas répondu. Il est resté couché sur le ventre. Il avait grossi, tellement grossi !

– Quelqu'un d'autre a-t-il passé la nuit avec vous, dans la chambre ?

– Non, nous n'étions que deux, comme d'habitude. Quand il ne m'a pas parlé, je l'ai secoué et j'ai crié : « Antandou, lève-toi ! » Il ne m'a pas répondu. J'ai dit : « Antandou, je n'aime pas ce genre de blague, lève-toi ! » Il ne s'est pas levé. Mon père est venu et il a dit qu'Antandou était mort. C'est comme ça que ça s'est passé.

La voix d'Ambaguè se cassa sur la fin. Le fauteuil roulant s'immobilisa : le garçon pleurait.

Habib lui caressa la tête.

– Arrête de pleurer, Ambaguè, ça ne sert plus à rien.

Alors, le garçon imprima une belle allure à son engin qui s'emballa. Les policiers durent hâter le pas.

– Dis-moi, Ambaguè, continua Habib quand ils eurent rattrapé le garçon, il n'était pas malade au moment où il s'est couché, ton frère ?

– Non. Il était très triste à cause de la blessure de Nèmègo. Il n'a même pas voulu manger. Il a dormi comme ça.

– Et la nuit, toi, tu n'as rien entendu dans votre chambre, rien senti ?

– Rien. Je dormais.

Ambaguè arrêta son fauteuil devant des parcelles vertes qui s'étendaient à perte de vue. Une rivière aux eaux également vertes formait comme un lac dont le reflet parait le paysage alentour de couleurs féeriques. Les couleurs éclatantes de la végétation virait au blanc crémeux à mesure qu'on se rapprochait du lac. Des oiseaux passaient et repassaient sans arrêt au-dessus du miroir immobile. Quand parfois une brise s'élevait, on aurait cru voir et entendre un immense frémissement. Au-delà de la rivière s'étendait un vallonnement de monticules de grès couverts d'arbres aux feuillages vert et or.

Les policiers s'arrêtèrent, saisis par la magie du lieu. Ambaguè demanda :

– C'est beau ici, n'est-ce pas ?

– Très beau, lui répondit Habib.

– Que font ceux qui sont là-bas ? demanda Sosso en désignant sur la gauche des gens qui allaient et venaient en tenant des outres semblables à des calebasses.

– Ils arrosent leurs champs d'oignons. Tout ce qui est derrière, là-bas, ce sont des champs d'oignons. Ils vont ensuite les vendre à Mopti ou même à Bamako. Mon père aussi a un champ d'oignons, mais c'est plus loin. Là-bas, là où il y a l'arbre aux branches taillées, c'est le champ du Hogon. Personne n'a le droit d'y toucher. Et là-bas, de l'autre côté, on va bientôt construire des maisons, comme à Bamako.

– Tiens, s'étonna Habib, qui va construire ces maisons ?

– Je ne sais pas. C'est Antandou qui me l'a dit. Vous savez qu'il y a des poissons dans la rivière ? Mais personne ne peut les pêcher, parce que le Hogon l'a interdit. Il est interdit de tuer les oiseaux aussi. Mais parfois, la nuit, mes copains et moi, on vient pêcher. Surtout, ne racontez ça à personne, s'il vous plaît ?

Habib et Sosso ne purent s'empêcher de rire. Ils marchèrent quelque temps avec le garçon, à qui Habib finit par demander :

– Alors, qu'est-ce qu'on fait maintenant, Ambaguè ?

– On retourne à la maison. Je suis un peu fatigué.

– Si c'est ce qui te convient, alors allons-y !

Malheureusement pour le garçon, après qu'il eut parcouru quelques dizaines de mètres, une des roues du fauteuil se coinça entre deux gros galets. Malgré tous les efforts d'Ambaguè, le fauteuil ne bougeait pas d'un pouce. Il fallut que les deux policiers soulèvent l'engin et son conducteur pour les remettre sur la bonne voie.

– Antandou avait promis de m'acheter un fauteuil à moteur, comme ceux qu'on voit à Mopti, rappela

Ambaguè. J'aurais pu aller n'importe où tout seul, tout faire tout seul. Il allait me l'acheter sous peu, parce qu'il allait avoir beaucoup d'argent. Mais ils l'ont tué.

Les oreilles des policiers se dressèrent, et le commissaire demanda :

– Qui l'a tué ?

– Les gens, ceux qui étaient jaloux de lui. Parce qu'il travaillait à la mairie, vous savez. C'est ce que m'a dit ma mère.

– Elle a cité des noms, ta mère ?

– Non, elle a seulement dit que c'étaient les gens.

– Et ton père, qu'a-t-il dit, lui ?

– Rien. La nuit, il est parti à la réunion avec le Hogon. Le matin, Antandou est mort. Il n'a rien dit.

Ambaguè se remit à pleurer. Habib lui caressa de nouveau la tête.

– Antandou était très gentil. Pourquoi ils l'ont tué ?

Le garçon se parlait à lui-même. Il roulait plus lentement à présent. Soudain, d'une voix joyeuse, il s'écria :

– Si j'avais eu ce fauteuil, j'aurais été le champion du monde. C'est sûr ! Même les coureurs qui ont deux jambes n'auraient pas pu me battre. N'est-ce pas ?

– C'est sûr, Ambaguè, lui répondit sur un ton enjoué Sosso, à qui il s'était adressé en lui prenant la main.

Puis, enivré par son imagination, le garçon décolla littéralement. Habib le regardait avec un sourire ému.

– Tu seras un grand champion, le flatta Sosso quand ils l'eurent rattrapé.

– N'est-ce pas ? s'exclama Ambaguè le bras levé. Vous habitez où ? demanda-t-il sans transition.

– À l'hôtel, répondit Sosso sans autre précision.

– Ah, je connais. J'irai vous voir de temps en temps. Vous allez attraper les gens qui ont tué Antandou, n'est-ce pas ?

– Oui, Ambaguè, nous les attraperons.

Lorsque les policiers l'eurent raccompagné chez lui, Ambaguè insista pour qu'ils visitent la chambre de son frère Antandou, sans se douter que ses hôtes ne demandaient pas mieux.

Quelques minutes plus tard, sur le chemin de l'hôtel, en passant près du rocher où avaient lieu les duels, l'inspecteur Sosso leva la tête.

– Regardez, chef, dit-il.

Le commissaire aperçut alors le Chat qui, sa besace à l'épaule, grimpait sur la colline avec son agilité coutumière. Lorsque Sosso se retourna, quelques instants après, il se rendit compte que l'homme, debout sur un rocher, les suivait du regard. Il n'en dit rien à son chef, qui, lui, ne pensait qu'à Ambaguè et à sa pauvre chaise.

CHAPITRE 16

À l'hôtel *La Falaise*, alors qu'ils s'apprêtaient à monter dans leur chambre, le gérant informa les policiers qu'un monsieur les attendait sous le petit hangar, dans la cour. L'inspecteur préféra se débarrasser de sa tenue avant de rejoindre son chef dans le hall. Comme s'il les avait reconnus, l'homme se leva, le sourire aux lèvres, en voyant le commissaire et son collaborateur se diriger vers lui. Il leur serra vigoureusement la main en se présentant :

– Docteur Diallo, directeur de l'hôpital de Bandiagara.

Les tirant de sa sacoche, il tendit deux feuillets au commissaire en disant non sans une pointe de fierté :

– Le rapport d'autopsie, commissaire.

– Déjà, docteur ? ne put s'empêcher de s'étonner le commissaire.

– Oui, commissaire, déjà, comme vous le dites.

Habib parcourut rapidement le rapport en hochant la tête sous le regard flatté du docteur, puis le tendit à Sosso.

– Je vais vous en faire l'économie, commissaire, proposa le docteur Diallo. En fait, la victime est morte entre huit et neuf heures, ce matin, suite à un empoisonnement. Vous vous étonnez de la rapidité de ma réaction ; en fait, je n'ai pas grand mérite. Le genre de poison utilisé nous est familier, parce qu'il est caractéristique de la région. Il y a, chaque année, un certain nombre de décès qui lui sont dus. C'est une plante rare, une herbe, en réalité, qui pousse sous quelques rochers, dans des endroits humides, ce qui n'est pas courant ici. Les Dogons l'appellent la *tête jaune*, parce que la tige de la plante se termine par une fleur jaune. Toutefois, en soi, ce poison n'est pas virulent. Il ne le devient qu'associé à une autre substance vénéneuse, parce qu'il semble alors – je dis bien il semble – acquérir des propriétés nouvelles, d'une efficacité extraordinaire. Malheureusement, le niveau d'équipement de notre labo ne nous permet pas d'aller plus loin.

– Intéressant, très intéressant, ce que vous m'apprenez là, docteur, intervint Habib. Pourriez-vous me dire quels sont les signes cliniques d'un empoisonnement de ce genre ?

– Comme je vous l'ai dit, la *tête jaune* est faiblement toxique en soi. Toutefois, quand on l'ingère, même en très faible quantité, elle provoque une forte fièvre qui, faute de soins, peut provoquer la mort du patient, d'autant plus que cette fièvre s'accompagne souvent de palpitations cardiaques. J'ai rencontré un cas de patient dont les selles étaient sanguinolentes.

– Quand vous parlez de substance vénéneuse, docteur, vous pensez bien à quelque chose de précis, il me semble.

Le docteur Diallo sembla hésiter un court instant avant de répondre :

– Oui. Je n'avais pas fini, commissaire. Donc, la victime que j'ai examinée présente aussi tous les symptômes d'un empoisonnement au venin de serpent, de cobra plus précisément, parce qu'on y est habitué ici. On constate d'ailleurs la trace de la morsure au cou. Le venin du serpent associé à la *tête jaune* devient foudroyant : la victime a à peine le temps de comprendre ce qui lui arrive que son sang se coagule et qu'elle meurt et enfle démesurément peu après. Malheureusement, comme je vous l'ai dit, commissaire, je ne peux pas aller plus loin, parce qu'il faudrait savoir quelle réaction provoque l'addition des deux substances, quelle nouvelle substance en naît, etc., toutes choses que je suis incapable de vous expliquer en ce moment.

– Vous m'en avez déjà beaucoup appris, docteur, le réconforta le commissaire. Cependant, dites-moi, est-ce qu'un détail ou n'importe quoi vous a étonné en examinant la victime ?

– Oui, commissaire. Je me demande comment la *tête jaune* et le venin ont pu se rencontrer pour produire ce poison si foudroyant. Mais nous sortons du domaine de la médecine, n'est-ce pas ? C'est plutôt à vous de chercher une réponse à cette question. Entre nous, docteur, ce pays est étrange et on est loin de soupçonner les savoirs de tous ordres qui s'y nichent. Évidemment, cela n'engage que moi.

– Bien sûr, docteur, convint Habib.

– Excusez-moi, docteur, intervint Sosso, la façon dont le corps de la victime a enflé en si peu de temps est extraordinaire.

– Effectivement, répondit le docteur Diallo, la combinaison du venin et de la *tête jaune* accélère de manière phénoménale les processus de tous ordres. Malheureusement, ce n'est pas à Bandiagara que vous trouverez une explication satisfaisante à cette énigme.

– En tout cas, nous vous remercions infiniment, docteur, dit le commissaire.

– J'en suis flatté, commissaire. J'ai souvent entendu parler de vous et de l'inspecteur Sosso et c'est un très grand honneur pour moi de vous avoir rencontrés.

– J'espère que nous nous reverrons, docteur, conclut Habib.

Ils se serrèrent la main, et le docteur Diallo s'en alla.

* *

  *

 – Une agréable surprise, n'est-ce pas, Sosso ?
demanda Habib.

 – Je l'avoue, dit l'inspecteur.

 – Bien sûr, le docteur Diallo ne peut donner que ce qu'il
a. J'imagine son laboratoire, avec une ou deux éprouvettes.
C'est certainement lui-même qui fait tout. Il ne faut pas
lui en demander trop. De toute façon, à Bamako on ne
ferait pas mieux. En tout cas, le problème se corse.
Nèmègo, Antandou et Ouologuem sont morts de la même
manière, c'est-à-dire sous l'effet de la *tête jaune* et du venin,
si nous nous fions aux conclusions du docteur Diallo. Or
ils sont tous morts dans leur lit et, excepté Nèmègo, tous
étaient en bonne santé au moment de se coucher. On est
donc en droit de dire que le venin leur a été inoculé pendant
qu'ils dormaient et pas avant. Supposons que ce que le
docteur Diallo prend pour une morsure soit une piqûre
faite par une aiguille. Dans ce cas, les premiers suspects sont
ceux qui ont été les derniers à approcher les victimes
vivantes. C'est-à-dire le vieux Kansaye, le père de Nèmègo,
Ambaguè, le jeune frère d'Antandou, l'épouse ou la bonne
de Ouologuem. Mais tu les as vus, Sosso : est-ce qu'on peut
sérieusement penser un instant que ces gens-là sont des
assassins ? Non, la réponse est ailleurs. Il y a un détail ou
un fait qui nous échappe.

– Oui, chef, mais, ce qui m'intrigue, c'est que, si nous supposons que c'est un même individu qui a perpétré les crimes – si ce sont des crimes et non des accidents –, c'est qu'il a fallu qu'il se trouve à chacun des endroits où les victimes sont mortes. Si c'était le cas, je crois que nous l'aurions appris d'une façon ou d'une autre. Sinon, il faudrait envisager l'hypothèse que les crimes – si crimes il y a – ont été commis par plusieurs individus. Sans doute associés par un lien qui reste à définir.

– Parfaitement, Sosso. Quelle est donc ton idée ?

– J'avoue que pour le moment je n'en ai pas, chef. Seulement, excepté celle de Ouologuem, toutes les morts ont eu lieu très tard la nuit. Ça m'intrigue, ça.

– Tu as parfaitement raison. N'oublions pas ce détail. En attendant, commande-nous quelque chose à boire parce que je ne suis pas sûr que les serveurs vont venir d'eux-mêmes.

Sosso se dirigea vers le bar. Quand il eut repris sa place, sous le hangar, son chef le regarda longuement sans le voir avant de lui dire :

– Je repense sans cesse à ce que tu m'as dit à propos du maire et de ses collaborateurs. Il est évident que, au-delà de leurs fonctions, ils forment un groupe dont la nature reste à définir. Ce qui est certain, en revanche, c'est que c'est l'argent qui les lie. Ouologuem disait qu'il attendait d'être riche et Ambaguè nous a révélé que son frère allait être riche. D'où attendaient-ils l'argent ? Il me semble que nous aurons fait un grand pas en éclaircissant ce mystère. Mais, vu le changement d'attitude des villageois à notre égard, je suis convaincu que ça ne va pas être facile. Non, pas facile du tout.

Une jeune fille, assez jolie du reste, leur servit des boissons sucrées sans rien dire. Sosso lui fit un petit sourire gêné. Habib s'en aperçut.

– Je parie que tu as envie de parler à la fille, Sosso, dit-il.

– Oh, non, chef, je pense d'abord à l'enquête.

Habib partit d'un long éclat de rire en regardant son collaborateur, lequel, à son tour, fut pris d'un fou rire.

– Je n'en doute pas du tout, Sosso, réussit à dire le commissaire.

Comme il fallait s'y attendre, il avala sa boisson de travers et toussa à rendre ses poumons, jusqu'à ce que, sorti d'on ne sait où, un homme vînt exercer une pression du doigt au bas de son cou : la toux cessa aussitôt. L'homme disparut sans même donner le temps à Habib de le remercier.

– Incroyable ! s'extasia le commissaire. Tu as vu, Sosso ?

– Oui, chef, acquiesça l'inspecteur tout aussi étonné. Quand le docteur Diallo parle de la science qui se niche ici, je suis de plus en plus tenté de lui donner raison.

Habib hocha seulement la tête.

Ils avaient le temps de se reposer avant de prendre part au dîner que leur offrait le lieutenant Jérôme Diarra.

*　　*

*

Samaké, le chauffeur, paraissait bien sombre au volant de la 4 x 4 qui emmenait les policiers à Bandiagara. À côté de lui, Sosso rêvassait tandis que le commissaire, qui avait préféré l'arrière afin, avait-il dit, de pouvoir étendre ses jambes, ne se gênait pas pour occuper toute la banquette.

– Dis, Samaké, depuis que tu as appris que je suis un policier, tu as la frousse, n'est-ce pas ? demanda le commissaire sans détours.

Le chauffeur partit d'un grand éclat de rire.

– Ah ! tu l'as deviné, Kéita ? répondit-il.

– Naturellement, moi qui croyais que les Samaké étaient de braves gens, j'en rencontre un qui tremble devant un Kéita. Tu n'as pas honte ?

Samaké rit encore : il était libéré.

– En vérité, j'ai été très surpris d'apprendre que je conduisais le commissaire Habib et l'inspecteur Sosso dont tout le monde parle. Moi, je ne savais pas que Habib Kéita et le « commissaire Habib » étaient la même personne. Alors j'ai eu peur.

– Tu n'as rien à craindre de moi, sauf si tu commets un crime, or, tel que je te vois, peureux et bavard, tu n'es pas capable de tuer une mouche, dit Habib.

Le chauffeur rit.

*   *
*

Pas une âme qui vive sur la route qui menait à
Bandiagara. L'air était frais et immobile, et la lune, exceptionnellement blanche dans un ciel constellé d'étoiles.

– Je me mêle certainement de ce qui ne me regarde
pas, Kéita, mais j'ai envie de vous dire de vous méfier.
Vous avez touché à un cadavre ce matin, sans l'autorisation des patriarches, et vous êtes entrés dans des
maisons en l'absence des chefs de famille. Ici, ça ne se
fait pas. Les gens de Pigui et des environs vous en
veulent beaucoup. Je vous l'ai déjà dit, ce sont des
sorciers. Je ne sais même pas pourquoi vous n'êtes pas
restés à l'hôtel de Bandiagara. Ici, vous êtes trop
proches d'eux. Faites attention à vous.

Le commissaire se contenta de faire « hum » en
hochant la tête et remercia le chauffeur pour ses conseils.
On était déjà devant le domicile du lieutenant Diarra.

Ce dernier et son épouse vinrent accueillir les policiers. Ils traversèrent un jardin de fleurs bien entretenu
qui fit siffler Sosso d'admiration. L'épouse, coquette
et de belle prestance, fit faire le tour du propriétaire et
on gagna le salon.

– C'est une maison coloniale, expliqua Jérôme. Elle
se situe juste derrière la gendarmerie. C'était le
logement du commandant blanc d'alors.

– C'est un bel héritage, en somme, plaisanta Habib, qui, sans transition, demanda des nouvelles de « l'homme qui aimait trop les moutons ».

– Cet après-midi, il est venu avec sa brebis à la gendarmerie, soupira le lieutenant. Il l'a attachée à une poutre, tout juste à côté de ma voiture, et toutes les demi-heures, il sortait du bureau pour voir si l'animal se portait bien. C'est un cas unique, cette passion pour les bêtes.

– Je suppose qu'il ne les élève pas pour les vendre, dit Sosso.

– Jamais ! Il les garde pour le plaisir de les avoir auprès de lui. Moi, ça me perturbe. Le plus difficile, ici, c'est qu'il faut gérer des problèmes qui n'ont aucun rapport avec notre fonction. À tout moment. Et comme il n'y a que des problèmes de ce genre, on n'a pas le temps de travailler sérieusement.

– Tu sais, Jérôme, dit Habib, nous sommes tous confrontés à cette situation. Il faut gérer les problèmes des parents, des amis, des voisins, etc. Et, effectivement, il reste peu de temps à consacrer à sa fonction. C'est vrai. Mais que veux-tu ? C'est comme ça.

– Le plus pathétique dans le cas de ce monsieur, intervint l'épouse, c'est qu'il se comporte de plus en plus comme ses bêtes, dans sa façon de parler, de marcher. Moi, je crois que c'est un malade. Et pourtant, il est tellement gentil !

– Que deviennent ses enfants dans cette étrange histoire ? demanda Habib.

– Il n'a pas d'enfant.

– Ah, voici peut-être qui nous éclaire un peu.

– Tu imagines, Jérôme, quand ton patron va venir en inspection à Bandiagara, s'il demande à ton agent quel est son nom et que celui-ci réponde « bêêêê ! ».

– Arrête, Sosso ! dit Habib en riant, ne traumatise pas davantage notre hôte.

En s'esclaffant, l'épouse retourna à ses fourneaux. Jérôme et Sosso en profitèrent pour évoquer leurs aventures à l'école, sous le regard attendri du commissaire, qui se garda d'intervenir dans leur discussion.

À table, Jérôme demanda des nouvelles de l'enquête.

– Elle avance lentement, au rythme du pays, lui répondit Habib. En revanche, le docteur Diallo nous a fait bonne impression. Il a effectué un travail remarquable, malgré ses maigres moyens.

– C'est un homme sérieux, reconnut le gendarme. Je suis content que ça se soit bien passé. Tenez, quand j'ai dit à mon épouse que vous étiez à l'hôtel *La Falaise*, elle a pratiquement hurlé. Elle prétend que ça peut être dangereux pour vous. Mais elle est de Mopti, ça se comprend.

– Non, protesta l'épouse, c'est tout simplement parce que ce n'est pas prudent de se trouver isolé dans un village où les gens sont vindicatifs.

– Tu n'aimes pas les Dogons, toi, constata le mari, ça se voit. En fait, vous savez, pour les Dogons, la femme peule – et mon épouse en est une –, c'est l'incarnation du diable. Jamais un Dogon n'épouse une Peule. Vous commencez à comprendre la réaction de ma chère épouse ?

– Je la comprends, intervint Habib, elle n'aime pas ceux qui ne l'aiment pas.

– Et en plus, commissaire, ajouta l'épouse, ces gens-là sont des sorciers. Ils sont capables de tuer quelqu'un sans le toucher. C'est pourquoi vous devriez vous méfier.

– Est-ce que ce n'est pas plutôt parce qu'ils sont trop secrets ? hasarda le commissaire. En les regardant vivre, je me pose des questions. On dirait qu'ils sont hors du temps.

– Et ils n'ont que du mépris pour la femme, insista madame Diarra.

– Je ne sais pas si je serais aussi catégorique que vous, madame Diarra, dit Habib, mais il est vrai que, dans l'histoire qui nous amène ici, une fille est morte aussi, mais personne n'en parle, comme si cela n'avait aucune importance. Et quand on écoute les pères, on a le sentiment que leur monde est exclusivement un monde d'hommes. Je me demande si tout cela ne contribue pas à rendre leur vie aussi rude.

– Moi, je ne suis pas tout à fait sûr que ce soit un peuple méprisant, protesta Jérôme. Quand on connaît leur cosmogonie, quand on se souvient qu'ils ont une représentation du monde qui n'a rien à envier à celles d'autres peuples qu'on porte aux nues, on peut comprendre qu'ils donnent l'impression de mépriser tous les autres. En fait, je crois que c'est leur paix intérieure qui nous dérange, nous autres, et que nous prenons pour du mépris.

— Tu vois bien, Jérôme, je te l'ai dit : tu es devenu un spécialiste des Dogons, plaisanta Habib.

— Non, mon commandant, c'est trop d'honneur pour moi, mais j'avoue que c'est un peuple qui me fascine. S'il arrive encore à résister à toutes sortes d'invasions, c'est parce qu'il s'appuie sur une structure sociale qui tient. C'est vrai que, moi, je ne pourrais pas vivre chez eux, mais cela ne m'empêche pas de les admirer.

— Si je te comprends bien, dit Habib, tu veux me faire croire qu'une enquête policière a peu de chances d'aboutir ici ?

— Je ne sais pas, mon commandant, protesta Jérôme, mais votre enquête sera forcément difficile.

— Ça, nous nous en sommes déjà rendu compte, mon vieux, fit Sosso.

— Peut-être devrais-je mettre un gendarme en faction devant votre hôtel, proposa Jérôme quand ils en étaient au thé.

— Mais non, c'est inutile, protesta Habib. Nous sommes de grands gaillards, n'est-ce pas, Sosso ? En revanche, je voudrais te poser une question, Jérôme : comment se fait-il qu'à son âge le Hogon ait une femme aussi jeune, presque une gamine ?

– Mon commandant, ce n'est pas sa vraie épouse, mais son épouse rituelle, pour ainsi dire. Elle est là pour s'occuper du Hogon, c'est tout, expliqua le gendarme.

– Ah, c'est donc ça, dit le commissaire.

Lorsque les policiers prirent congé, il était minuit et demi.

CHAPITRE 17

Quand Habib et Sosso arrivèrent à l'hôtel, tout le monde dormait déjà. Le réceptionniste, qui ronflait, adossé au mur, ne les entendit même pas prendre leurs clés. Ils occupaient au rez-de-chaussée deux chambres contiguës, séparées par une porte au battant de fer. S'étant déshabillé, l'inspecteur Sosso, au moment d'éteindre la lumière, jeta un coup d'œil par la fenêtre, dont il avait fermé le grillage mais pas le battant, et il se figea.

Dans la lumière éclatante de la lune, une chose rouge écarlate et sans fin se tenait immobile et le regardait. À mesure que le temps passait, ses yeux brillaient de plus en plus, devenaient de plus en plus rouges. Un homme ? Une bête ? Comment savoir ? En tout cas, l'apparition regardait Sosso. Celui-ci, apparemment hypnotisé, avait l'impression que la chose en face l'attirait lentement, irrésistiblement. Et elle se mit à se balancer, la chose, de droite à gauche, de gauche à droite, comme si elle dansait. Sosso crut entendre en sourdine une musique de tam-tams, syncopée, qui allait s'amplifiant. Et l'être, de l'autre côté de la fenêtre, s'animait à mesure que croissait le rythme de la musique. Bientôt ce fut une danse endiablée, soutenue par des battements de mains. La chose se contorsionnait, balançait la tête en tous sens, faisait des sauts à couper le souffle, s'accroupissait, tournoyait comme une toupie. La musique de tam-tam avait atteint une telle intensité que Sosso avait l'impression qu'elle n'était plus qu'un long hurlement sans fin. Et l'inspecteur se mit à danser à son tour, comme la chose en face de lui. Il tournoyait, sautait, s'agitait, tel un possédé. Alors, insensiblement, le rythme se mit à décroître, ainsi que l'ardeur des deux danseurs, dont les gestes étaient devenus identiques, jusqu'à ce que ce fût le silence. Sosso et la chose s'immobilisèrent de nouveau, on eût dit qu'ils étaient liés par le fil du regard. Et l'inspecteur s'avança lentement mais inexorablement vers la fenêtre, sans avoir conscience de ce qu'il faisait. Avec des gestes ralentis à l'extrême, il avançait comme s'il voulait franchir le mur et aller se jeter dans les bras de ce qui l'appelait comme le chant de la perdition. Mais l'inspecteur percuta la lampe de chevet, qui tomba avec grand bruit. C'est à ce moment que Habib fit irruption dans la chambre de son collaborateur.

– Sosso ! Sosso ! hurla le commissaire en prenant l'inspecteur par la main.

Mais celui-ci n'entendait rien, ne voyait rien, il avançait mécaniquement, au ralenti, et aucune force au monde ne pouvait empêcher sa marche. Le commissaire tenta de lui barrer le chemin, mais le rouleau compresseur qu'était devenu le jeune policier le poussait, lentement, et le soulevait vers la fenêtre. Lorsque son dos frôla le mur, une idée traversa l'esprit du commissaire : il tira le battant de la fenêtre qui se referma violemment.

Alors le sortilège se rompit : comme un morceau de fer qui échappe à l'attraction d'un aimant puissant, Sosso fut projeté en arrière et s'abattit sur son lit avec une telle force que sa tête heurta violemment le mur. L'inspecteur s'étala de tout son long, plongé dans un profond sommeil. Habib se précipita et lui prit la tête : Sosso dormait à poings fermés. Sa respiration était profonde et paisible. Sa chemise était tellement trempée de sueur que le drap et les oreillers aussi en étaient mouillés.

Habib, la gorge serrée, demeura longuement penché sur son jeune collaborateur. Sans y avoir réfléchi, il se leva, rouvrit la fenêtre : rien, seulement le calme du village et la lumière laiteuse de la lune. Il resta là, comme pour relever un défi. Il ne se passa rien. Alors le commissaire referma la fenêtre et s'assit de nouveau au chevet du jeune policier. Il se souvint des mises en garde du jeune guide, du chauffeur Samaké, de l'épouse de Jérôme. Peut-être aurait-il dû effectivement rester à l'hôtel *Le Cheval blanc*, à Bandiagara, peut-être avait-il sous-estimé le danger qu'il y avait à demeurer parmi des gens qu'on connaît mal. Il soupira, s'adossa au mur, ferma les yeux.

Il lui faudra inévitablement réfléchir à son travail, à l'image qui était la sienne et qui, comme en ce moment, le plaçait dans des situations que son ancienneté aurait dû lui éviter. Beaucoup de ceux de sa génération coulaient tranquillement leur vie dans les cabinets ministériels ou les organisations internationales. «Peut-être suis-je naïf, pensa-t-il. Je me demande si je ne vis pas en dehors de ma société, si mon rêve de justice ne me joue pas des tours.» Il regarda de nouveau Sosso : de quel droit le conduisait-il à la mort ? Il se leva, arpenta la chambre. À mesure qu'il avançait en âge, qu'il constatait que les hommes ne devenaient pas meilleurs, il lui arrivait de plus en plus souvent de se demander : À quoi bon ? Sosso était jeune, plein de vigueur, promu à un bel avenir. «J'ai sans doute tort de vouloir en faire un policier comme moi, car un policier comme moi, qu'est-ce que c'est, de nos jours ?»

Le commissaire Habib se rassit au chevet de son collaborateur, qui souriait à présent dans son sommeil. Dehors, la lumière de la lune laissait peu à peu place à la rougeur du soleil. Habib savait qu'il ne dormirait plus. Il pensa avec un petit pincement au cœur : «Je vieillis.»

Un coq chanta au loin.

*   *
*

L'inspecteur Sosso prenait son petit déjeuner comme d'habitude avec beaucoup d'appétit quand il fut rejoint par son chef, qui, les traits tirés à cause de sa nuit d'insomnie, marchait assez lourdement.

– Tu te sens bien, Sosso ? demanda Habib.

– Oui, chef, répondit le jeune homme en souriant. C'est extraordinaire : je me suis levé avec une bosse sur le crâne, mais je ne sais pas d'où ça vient. J'ai dû me cogner contre le mur en faisant un cauchemar. Ce n'est pas clair dans ma tête.

Le commissaire constatait avec perplexité la décontraction de son jeune collaborateur, qui ne semblait avoir aucun souvenir des événements de la nuit. Pourtant, la bosse prouvait, si besoin en était, qu'il s'était bien produit un fait inhabituel. « Mais alors, pensa le commissaire, pourquoi est-ce que, moi, je me souviens de la scène dans les moindres détails et lui pas ? Pourquoi, alors que nous étions tous les deux spectateurs, c'est lui qui était attiré irrésistiblement vers l'apparition et pas moi ? »

Car Habib avait vu lui aussi la chose qui dansait au clair de lune : c'était le porteur du premier masque de la Maison à étage. Le Chat. Bien sûr, ça ne pouvait être que lui. Mais comment s'y était-il pris ? Il y avait de la musique, mais pas de musiciens en vue, et il s'était évanoui comme une ombre dès que la fenêtre s'était refermée. Était-il vraiment présent, en chair et en os, ou était-ce une illusion ? Dans ce dernier cas, comment deux individus pouvaient-ils avoir été victimes de la même illusion au même moment ? Cela impliquerait que le Chat serait détenteur d'un savoir hors du commun. Que voulait-il ? Quel message avait-il voulu leur transmettre ? Si le commissaire n'avait pas eu la présence d'esprit de se ruer dans la chambre de Sosso, celui-ci se serait sans doute écrasé contre le mur et le choc aurait été fatal tant la force qui l'attirait était puissante. Avait-il l'intention de tuer ou voulait-il seulement dire aux policiers que leur présence n'était pas souhaitée à Pigui ? En tout cas, cela laissait supposer qu'ils gênaient d'une façon ou d'une autre. Jusqu'à présent, ils n'avaient pas eu affaire au Chat : ne se sentant ni soupçonné, ni attaqué, pourquoi éprouvait-il donc le besoin de réagir ?

« Le Chat commence à perdre son sang-froid », pensa le commissaire. Il remua son café, releva la tête et s'aperçut que Sosso le regardait, intrigué. Alors, comme il avait décidé de cacher l'événement de la nuit à son collaborateur, il mentit :

– Je pensais au maire et à son dernier adjoint. Je me demande s'il ne faut pas leur assurer une protection. Mais contre quoi ?

– Je vais peut-être appeler Ali, dit Sosso. Vu l'état dans lequel il se trouvait hier après la mort de Ouologuem…

– Fais-le, Sosso.

La conversation entre Ali et l'inspecteur fut brève. Ce dernier expliqua :

– Ali me dit qu'il vit chez son oncle, au village de Songo. J'ai cru comprendre qu'il se cachait. Il m'a demandé si nous avions arrêté l'assassin de Ouologuem. Il ne veut pas qu'on aille le voir et il n'a pas l'intention de retourner à Pigui avant l'arrestation du criminel. Il a la frousse, sans aucun doute. Il me dit que le maire se terre à Mopti, qu'il est impossible de le joindre. Naturellement, la mairie est fermée. Voilà.

– Essaie d'avoir directement le maire… euh ?

– Dolo.

– Oui, Dolo.

– J'ai essayé, chef, mais il est sur répondeur.

– C'est vraiment la débandade, constata Habib. Mais on peut comprendre leur réaction. Il faudra pourtant que nous sachions quels étaient leurs projets personnels, puisque nous sommes à peu près sûrs qu'ils avaient un ou des projets en commun. On aurait dû perquisitionner à leur domicile, mais comme ils sont introuvables…

– Chef, dit Sosso, généralement, les fonctionnaires laissent leurs documents personnels au bureau. Souvenez-vous de nos enquêtes précédentes. Moi, je crois que, s'il y a des documents, ça ne peut être qu'à la mairie.

– Ah ! je n'y avais pas pensé. Alors téléphone à Jérôme et passe-le-moi.

Ce qui fut fait.

– Jérôme, il me faut un mandat de perquisition pour la mairie… Oui, la mairie de Pigui. Le maire et son adjoint sont introuvables. Si le procureur veut y assister en personne, je n'y vois pas d'objection… Oui… Alors dans une demi-heure, si j'ai bien compris… C'est parfait. À plus tard, Jérôme.

Le commissaire se tourna vers Sosso.

– Nous aurons le mandat de perquisition sous peu. J'espère seulement qu'il y a un gardien.

– En principe, oui, chef.

– Eh bien, il ne nous reste plus qu'à attendre. Aujourd'hui, ta tenue nous serait plus utile que ton jean, Sosso. Tu ne crois pas ?

CHAPITRE 18

Munis du mandat de perquisition en bonne et due forme, Habib et Sosso ne soupçonnaient sans doute pas que ce passe-droit ne suffisait pas pour accéder aux locaux de la mairie, gardés par un vigile d'autant plus intraitable qu'il ne savait pas lire. Même l'uniforme de l'inspecteur n'y fit rien : le bonhomme ne voulait rien entendre.

« Mon patron m'a dit de ne laisser entrer personne quand il n'est pas là », était sa réponse à toutes les questions, à tous les arguments.

Il fallut demander le secours de la gendarmerie. Les deux gendarmes, venus à la rescousse, firent grande impression sur le vigile, qui obtempéra de mauvaise grâce. Les policiers se mirent donc au travail sous la garde de leurs collègues. En fait, il n'y avait que quelques maigres archives ordinaires : procès-verbaux de réunions, quittances et autres pièces comptables, le tout pouvant tenir dans une chemise. C'est dans le petit bureau du maire, entre deux revues érotiques, que Sosso découvrit une chemise verte contenant des documents qui retinrent son attention et qu'il feuilleta.

– Chef, s'il vous plaît, dit-il en donnant les documents à Habib.

Quand il eut parcouru les pièces en question, le commissaire fronça les sourcils. Elles représentaient le plan de construction d'un complexe hôtelier composé d'un petit hôtel, avec plage, piscine, court de tennis, gymnase et boutiques.

– Tu as une idée de l'endroit d'où ce joyau va sortir de terre ? demanda Habib à son collaborateur.

– Non, justement, chef. Le lieu n'est pas précisé.

– Regarde ici. Tu vois ce cours d'eau, cette chaîne de collines de grès…

– Oh ! s'exclama Sosso, mais c'est au bord de la rivière !

– Bien sûr ! Alors emportons tout ça à l'hôtel avant que le gardien ne voie rouge.

Après avoir libéré les gendarmes et remercié le vigile, qui leur répondit de mauvaise grâce, les deux policiers reprirent le chemin de leur hôtel.

– Je me pose une question, chef : est-ce leur projet personnel ou un projet communal ?

– D'après ce que je sais de ce pays, je répondrai que c'est leur projet à eux. La commune est trop pauvre pour réaliser un tel investissement, et d'ailleurs nous ne sommes plus au temps du socialisme. Ni l'État ni les collectivités ne font plus de commerce. À mon avis, le problème serait plutôt de savoir qui se cache derrière ce projet. Ces jeunes gens n'ont pas d'argent, c'est évident. Je pense qu'ils sont des lampistes, au mieux des associés. Puisque tous semblaient convaincus de s'enrichir bientôt, il va de soi qu'ils comptaient tirer quelque bénéfice de cette entreprise. Dommage qu'on ne puisse pas les interroger !

– Et c'est justement à cet endroit que se situent les champs du Hogon ! s'exclama Sosso.

– Et voilà, Sosso, je voulais te l'entendre dire. Dans une société comme celle des Dogons, vouloir spolier la terre du chef spirituel, c'est un crime de lèse-majesté. Je ne dis pas que c'est à cause de cela que les jeunes gens ont subi cette mort atroce, mais, si le projet est connu, c'était au moins une raison pour qu'on ne les aime pas à Pigui. Tu me suis, Sosso ?

– Absolument, chef. Mais ils sont fous ! Comment, nés dans ce village, éduqués dans ce village dont ils connaissent les règles, osent-ils se permettre de toucher aux terres du Hogon ?

– L'argent, mon petit, toujours l'argent, le rêve de s'enrichir le plus vite possible. Quelqu'un a dû faire miroiter cette perspective à leurs yeux, et les voilà partis pour le grand rêve. Mais ne nous emballons pas : nous devons vérifier nos hypothèses. Si nous n'arrivons à joindre ni le maire ni Ali, nous serons obligés de nous rabattre sur le Hogon et son assistant. Ce ne sera pas drôle, mais nous n'aurons pas d'autre choix.

– Ce qui m'intrigue maintenant, c'est pourquoi le maire et ses adjoints s'étaient focalisés sur le vieux Kansaye. Apparemment, il n'a rien à voir dans cette affaire.

– Écoute, Sosso : je me demande s'ils n'ont pas tous joué à malin, malin et demi. Peut-être que les jeunes gens croyaient agir dans le plus grand secret, alors que leur projet était éventé. Kansaye constitue un coupable facile et ils n'ont pas cherché plus loin.

L'inspecteur Sosso s'arrêta brusquement et tendit une feuille à son chef. Au dos du document, à l'extrême bord, étaient écrites quelques lignes dont l'encre avait pâli.

– D : 4 M ; O : 2,5 M ; Al : 2,5 M ; An : 2,5 M. Ça pourrait signifier Dolo : 4 millions ; Ouologuem : 2,5 millions ; Ali : 2,5 millions ; Antandou : 2,5 millions, interpréta Sosso à haute voix.

– Tiens, tiens, tiens ! s'exclama Habib, je n'avais pas vu ça. Ce serait les termes du partage, sans doute, parce que je ne peux pas croire que c'est leur participation au capital. Je pense que nous avons maintenant un bout de ficelle sur lequel tirer. En attendant, nous irons rendre visite au Chat cet après-midi. Cet homme m'intéresse énormément.

*   *

*

Il ne fallut pas longtemps pour que les policiers retrouvent le coteau au bas duquel le Chat procédait à la divination. Son éternelle besace à l'épaule, l'homme était accroupi devant une table et méditait. Le commissaire et l'inspecteur l'avaient salué et demeuraient debout depuis quelque temps déjà sans que le devin parût se rendre compte de leur présence. Tout en marmonnant et en souriant par moments, il « lisait » les réponses que les renards avaient données aux questions angoissées des humains. Il cracha, leva la tête et sembla seulement s'apercevoir de la présence des policiers.

– Nous vous avons salué, Kodjo, dit Habib.

– Je vous ai salués, moi aussi, répondit le devin d'une voix grave.

– Excusez-nous de venir jusqu'ici, mais il arrive que l'oiseau n'ait pas toujours le choix de la branche sur laquelle se poser.

– Heureusement que les branches ne se dérobent jamais sous l'oiseau qui n'a pas le choix.

– C'est tout à l'honneur de la branche, n'est-ce pas ? Vous savez sans doute qui nous sommes, Kodjo ?

– Je sais que vous êtes venus de Bamako et que vous êtes des policiers. Je l'ai entendu dire, comme tout le monde ici, à Pigui. Votre séjour est-il agréable ?

– Il l'est dans la mesure où nous n'avons ni faim ni soif et que nous sommes en bonne santé.

– C'est la vérité. Alors, que votre séjour se poursuive dans la paix.

– La mort visite trop souvent Pigui ces derniers jours. Les renards avaient-ils prédit ces malheurs ?

– Les renards apportent la parole d'Amma, notre dieu. Rien de ce qui se passe sur terre ne peut leur échapper. Les renards savent tout.

– Et vous aussi par conséquent, n'est-ce pas, Kodjo ?

– Moi, je suis le serviteur. J'interprète la parole d'Amma à travers les pas des renards dans le sable. Je n'invente rien.

Tandis que le commissaire et le devin se livraient à ce concours de rhétorique auquel il ne comprenait pas grand-chose, Sosso ne cessait d'observer Kodjo, dont les yeux jaunes en amande n'avaient effectivement rien à envier à ceux d'un chat. Quand il pinçait les lèvres, ses moustaches se hérissaient et ses oreilles se dressaient. De tous ses mouvements se dégageait une impression d'agilité féline.

– Dites-moi, Kodjo, continua le commissaire, il y a quelques jours, c'étaient Nèmègo et Antandou qui mouraient, hier c'était Ouologuem. À la mairie, il ne reste plus grand monde. Les renards ont-ils annoncé le sort des deux survivants de la mairie ?

Pour la première fois, découvrant des dents d'une blancheur admirable, l'homme sourit, d'un sourire qui ressemblait plutôt au rictus d'une bouche qui pleure.

– Si les survivants viennent me consulter, je prendrai l'avis du renard.

– Vous connaissiez bien Antandou. N'est-ce pas, Kodjo ?

– Oui, je le connaissais comme tous ceux de Pigui, parce que c'était un enfant de Pigui.

– Il est mort. Sans avoir été malade. Mort dans son sommeil.

Le Chat se taisait. Pour une fois, il semblait prendre le temps de réfléchir. Sa moustache se hérissa, ses yeux jaunes brillèrent, une ride profonde barra son front.

– Vous dites qu'il n'était pas malade, qu'en savez-vous ? On peut être sain de corps et souffrir dans l'âme. Si la maladie était en lui, on n'aurait pas pu la voir.

– Ouologuem non plus n'était pas malade dans son corps. Peut-être était-il malade dans son âme. Mais savez-vous qu'ils avaient peur d'être tués ?

– Je n'en ai jamais entendu parler.

– Et s'ils s'en étaient ouverts à vous, que leur auriez-vous répondu ?

– Ils ne m'ont rien dit.

– Oui, mais supposons.

Le Chat rit doucement : le jeu l'amusait.

– Vous me surprenez quand vous parlez ainsi, vous qui avez été à l'école des Blancs. Vous me demandez ce que j'aurais fait hier, mais même les renards ne peuvent donner satisfaction à votre demande. Que ce qui n'a pas été hier ait été hier, en somme, n'est-ce pas ce que vous voulez ?

– Vous ne voulez pas répondre, Kodjo, n'est-ce pas ?

– C'est sans doute parce que je suis incapable de répondre. Je vous l'ai dit, je ne suis qu'un interprète, moi, pas un renard.

– Mais êtes-vous troublé par ces morts ?

– Non. Lèbè, notre premier ancêtre, nous a apporté la mort, certes, mais il nous a aussi apporté le salut. Pourquoi serais-je troublé par ce qui n'est qu'une métamorphose ? Mourir, ce n'est pas être fini.

– Moi, ce qui me trouble, c'est que tous ces jeunes gens soient morts, empoisonnés par le même poison.

Le Chat ne put réprimer un léger haut-le-corps. Il écarquilla les yeux comme pour mieux observer son interlocuteur. Et, pour la première fois, il daigna jeter un coup d'œil sur Sosso, qui, debout à côté de son chef, l'observait sans ciller. Il ne répondit pas.

– Cette plante, la *tête jaune,* qui pousse sous les rochers a un effet foudroyant. Ceux qui en sont morts le savaient. Ils ne se sont quand même pas suicidés. Leur mort est la faute de quelqu'un.

– Si vous connaissez la réponse, dit enfin le devin, pourquoi poser la question ?

– Je voudrais savoir si quelqu'un d'autre que moi connaît la réponse. Si je pose la question aux renards, Kodjo, est-ce qu'ils me répondront ?

– Je ne suis qu'un interprète, je vous l'ai dit. Comment puis-je connaître la volonté des renards sans les avoir consultés ?

– Dommage, ça m'aurait bien servi.

– Il n'y a que la volonté d'Amma qui se fasse en toute occasion.

– Maintenant, c'est à votre sagesse que je fais appel, Kodjo. Une chose peut-elle être sans être ?

– Cela dépend de la volonté de la chose.

– Et si je vous disais qu'hier mon collaborateur et moi avons vu une chose qui n'était pas ?

– Je répondrais que vous étiez les seuls témoins hier. Qui douterait de ce que vous affirmez ?

– Cette chose qui était sans être avait la forme de la Maison à étage. Elle dansait sans danser, sautait sans sauter.

À mesure que le commissaire parlait, le Chat paraissait perdre pied. De fines gouttelettes de sueur perlaient sur son front. Il avalait sa salive de plus en plus souvent et passait sa langue sur ses lèvres.

– Elle était là sans être là, cette chose, continua Habib, et son seul souci était de faire mal, peut-être même de tuer.

– De tuer qui ?

– Mon collaborateur.

– Je constate qu'il vit, votre collaborateur.

– Parce que le fer peut couper le fer. La chose a ses limites et le maître de la chose aussi. Mais dites-moi, Kodjo, pourquoi étiez-vous en retard à la fête du Dama ?

Le Chat ne répondit pas sur-le-champ. Il baissa la tête, regarda longuement la table de divination devant lui. Quand ses yeux se posèrent sur son interlocuteur, il était redevenu le Chat de tous les jours.

– Parfois, on ne voit pas le ciel s'assombrir, dit-il, énigmatique, c'est pourquoi certains restent trop longtemps dehors et se font surprendre par la pluie. Le ciel s'assombrit, je vais devoir rentrer, dit-il une fois debout.

– Nous aurons sans doute l'occasion de continuer cette conversation, n'est-ce pas, Kodjo ?

– Si la foudre ne tombe pas sur nous, sans doute. Que la paix d'Amma soit sur vous, fut la réponse du devin.

– Qu'Allah nous préserve du malheur, conclut Habib.

Le Chat s'en alla, sa besace à l'épaule. Les policiers le regardèrent descendre le coteau, tout en souplesse, avant de reprendre le chemin de l'hôtel.

– Une drôle de conversation, chef, dit Sosso.

– Oui, Sosso, acquiesça Habib. Avec un homme comme Kodjo, on ne peut pas faire autrement. Il possède le savoir de ses ancêtres et il a tendance à prendre tous les autres pour des crétins.

– J'ai cru que vous parliez de moi un moment.

– N'y fais pas attention, c'était une figure de style, c'est tout.

– Il m'avait quand même l'air fâché vers la fin.

– Bien sûr ! C'est ce que je souhaitais, du reste. Tu vois, Sosso, je suis sûr qu'il est pour quelque chose dans les différents meurtres, car je suis convaincu que ce sont des meurtres. J'ai voulu qu'il comprenne que je ne le crains pas.

– Et c'est quoi, la foudre dont il a parlé ?

– Il nous menace, ni plus ni moins. C'est tout comme s'il nous disait : mêlez-vous de ce qui vous regarde, sinon il vous arrivera malheur. Rien que ça !

– Pour qu'il réagisse ainsi, c'est qu'il ne doit pas être très à l'aise.

– Oui, c'est pourquoi il nous faudra être plus prudents. Mais je ne le lâcherai pas.

En fait, les policiers venaient de défier Kodjo. Or n'importe qui à Pigui leur aurait appris qu'on ne provoquait pas le Chat impunément.

CHAPITRE 19

Contrairement à ce que craignait le commissaire, la nuit fut calme. Sosso dormit comme une souche. Habib, lui-même, ne se réveilla que tard le matin. L'inspecteur était au restaurant, comme d'habitude, et bavardait avec la jeune serveuse, qui s'éclipsa en apercevant le commissaire. Les deux jeunes touristes américains avaient descendu leurs bagages ; sans doute s'en allaient-ils. Il y avait, visiblement, peu de monde à l'hôtel ; en tout cas, plus d'employés que de clients. Dehors, le soleil était aveuglant.

Des enfants se promenaient entre les rares tables occupées en présentant des jouets de leur fabrication. C'étaient des voitures, des motos et des vélos faits de matériaux de récupération aux couleurs vives. Sosso fut particulièrement intéressé par une voiturette qui portait l'inscription « Nul ! » sur une portière et « Tout à fait » sur l'autre. Il pensa en discuter le prix avec le garçon qui voulait la lui vendre, mais se ravisa en s'apercevant que l'enfant ne comprenait pas le français. Il l'acheta quand même. Ce fut l'erreur. Une nuée de sautereaux s'abattit sur le pauvre inspecteur, chacun tentant de lui fourguer sa marchandise, si bien qu'il commença à s'énerver franchement.

Habib observait la scène, amusé, sans mot dire, jusqu'au moment où, submergé, son collaborateur lui jeta un regard suppliant. Alors, de sa grosse voix, le commissaire intimida les enfants, qui s'en allèrent.

– Avec de tels commerciaux, nul doute que notre pays va se développer rapidement, plaisanta Habib, les yeux fixés sur Sosso dont la chemisette blanche était couverte de taches dues aux mains grasses des gamins.

Sosso se leva et entra dans sa chambre sans un mot, puis, peu après, réapparut vêtu d'une chemisette à carreaux de couleur grise.

– C'est la première fois que je te vois aussi énervé, Sosso, lui fit remarquer Habib.

– Ils sont embêtants, ces enfants, et il fait quand même chaud, bougonna le jeune policier.

– Tu comprends, ces pauvres petits ne vont pas à l'école. Comment faire autrement ? Les touristes, pour eux, c'est une chance. Ils essaient donc d'en tirer le maximum de profit. C'est bien triste, oui, mais c'est comme ça. Ce que je te propose, c'est que nous allions de nouveau rendre visite au Hogon, en espérant qu'il sera en état de nous recevoir. Tu te souviens que le petit Ambaguè nous a dit que son père avait assisté à une réunion présidée par le Hogon, la veille de la mort de Nèmègo et d'Antandou ? Alors, je voudrais savoir de quoi il a été question. Nous en profiterons pour parler du fameux champ. Ça pourrait être intéressant, n'est-ce pas ?

– Oui, chef, à condition que vous ne parliez pas uniquement par images, sinon, moi, je serai hors-jeu, répondit Sosso en s'épongeant le front du mouchoir qu'il venait de tirer de sa poche.

– Allons, allons, pas de complexe d'infériorité, jeune homme. L'âge, ça doit servir à quelque chose quand même ! Ouvre ton esprit et tes oreilles quand des vieillards comme nous dialoguent et tu finiras bien par comprendre.

Inexplicablement, l'inspecteur fut pris d'un fou rire qui attira l'attention du personnel de l'hôtel et surtout d'un petit cireur de chaussures qui s'avança gaillardement et s'appuya presque contre le rieur. Alors tout l'hôtel s'esclaffa comme un seul homme, y compris Habib !

– Ça fait quand même du bien, constata le commissaire quand les rires s'estompèrent, et ça ne coûte rien.

Sosso essuyait les larmes qui lui étaient venues aux yeux. Les deux touristes ne cessaient de regarder les policiers tout en bavardant avec un serveur. Le petit cireur voulait coûte que coûte cirer les chaussures de Sosso, qui ne l'entendait pas de cette oreille. Or, notre garçon était fort coriace : quand Sosso lui répondait, il semblait ne rien entendre et réitérait son désir de lui cirer les chaussures. Excédé, l'inspecteur recommença à s'éponger le front et le cou. Notre bonhomme ne démordait pas de ce qui apparaissait de plus en plus comme un dû. Finalement vaincu, Sosso étendit ses jambes et offrit ses pieds au petit cireur, qui se mit au travail. L'inspecteur lui donna quelques pièces de monnaie en retour et il s'en alla.

– On dirait qu'il n'y a que les enfants pour te dompter, dit le commissaire.

– Ils ne cherchent même pas à comprendre ce qu'on leur dit !

– Ils ont besoin d'argent, mon petit. Mets-toi à leur place. Ils doivent se battre. Ils n'ont pas le choix.

Sosso, qui suait de nouveau abondamment, chercha son mouchoir dans la poche de son pantalon et tout autour de lui, mais ne le retrouva pas.

– C'est ce petit imbécile qui me l'a chipé ! dit-il d'une voix plaintive.

Habib se mit à rire et tenta de consoler son collaborateur qui faisait une tête d'enterrement. Or, en se souvenant du timbre particulier de la voix du cireur, le même que celui du gamin qui avait tenté de le terroriser l'autre nuit, Sosso murmura :

– Mais c'est lui ! et se précipita vers la sortie.

Naturellement, Diginè – car c'était bien lui – avait disparu. Quand son collaborateur lui eut expliqué sa mésaventure de la nuit précédente, le commissaire hocha la tête.

Juste au moment où les policiers franchissaient le seuil de l'hôtel, le portable de Sosso se mit à sonner. Il écouta, répondit à voix basse de manière hésitante, puis regarda fixement le commissaire.

– Que se passe-t-il ? lui demanda ce dernier.

– Ali… Ali est mort… à Songo… C'est la gendarmerie qui…

– Ah ! s'exclama seulement le commissaire, qui flotta un bon moment avant de continuer. Alors nous allons à Songo. Demande à Jérôme de nous envoyer un gendarme.

Or, justement, la Land-Rover de la gendarmerie freina devant l'hôtel et deux gendarmes en descendirent pour expliquer au commissaire que leur chef leur avait demandé de se mettre à la disposition des policiers. Le convoi partit aussitôt pour Songo, qu'il atteignit au bout d'un quart d'heure de route poussiéreuse.

C'était un curieux village. Rien que des cases couvertes de chaume, dont on se demandait par quel miracle les murs tenaient debout, leurs pierres étant posées les unes sur les autres sans aucune espèce de ciment. En d'autres circonstances, Habib se serait sans doute attardé en ce lieu.

La maison de l'oncle d'Ali se situait au pied de la falaise. Pendant que les gendarmes montaient la garde, les policiers y pénétrèrent. Dans la cour, quelques moutons et des chèvres attachés à des pieux dégageaient une forte odeur. L'oncle en question était un tétraplégique qui se traînait en s'aidant de ses mains. Il conduisit néanmoins Habib et Sosso dans la case où reposait le corps d'Ali, sur un lit de bambou. Comme celui de Ouologuem, il était enflé et du sang noir était coagulé aux coins de ses lèvres. Habib examina le corps, l'intérieur de la case, et, après que les gendarmes eurent pris des photos, il leur demanda de transporter la dépouille à l'hôpital de Mopti pour l'autopsie.

Dehors, sur un bout de natte, l'oncle paraissait hébété. Quand Habib lui demanda des explications sur la mort de son neveu, le vieil homme pleura.

– Ali est venu me voir hier. Nous avons bavardé longtemps. Parce que la nuit était avancée, je lui ai dit de dormir ici. Le matin, il a tardé à se réveiller. Je suis entré dans sa chambre et je l'ai trouvé dans cet état.

Ses larmes coulèrent de nouveau.

– Quand il est arrivé hier chez vous, lui demanda Habib, il ne se plaignait pas d'être malade ?

– Non, je l'ai seulement senti un peu inquiet.

– Il a dormi seul dans la case ?

– Oui, seul.

– La porte se boucle-t-elle de l'intérieur ?

– Oui, il y a une serrure.

– Êtes-vous sûr que personne d'autre n'est entré dans la case ?

– Je n'ai vu personne entrer dans la case.

– Vous m'avez dit qu'il paraissait un peu inquiet. Vous a-t-il dit pourquoi ?

– Ali n'était pas un garçon qui ouvrait facilement son cœur. Il ne m'a rien dit.

– Il venait vous voir souvent ?

– C'était le dernier-né de ma défunte sœur. Moi, je suis pauvre, vous le voyez bien ; c'est lui qui subvenait à mes besoins. C'était un enfant généreux.

– Où est votre épouse ?

– Elle est dans sa case. Elle n'arrête pas de pleurer, parce qu'elle aimait beaucoup le garçon. Nous-mêmes, nous avons eu neuf enfants, mais ils sont tous morts à leur naissance. C'est la volonté d'Amma.

– Est-ce que vous avez une idée de la cause de sa mort ?

Le paralytique se passa les mains sur le visage plusieurs fois avant de répondre.

– Je ne sais vraiment pas. C'est étrange, un corps qui enfle ainsi en si peu de temps ! Je n'ai jamais vu ça.

– Vous connaissez la fille avec qui il vivait ?

– La fille de Kodjo ? Oui, il est venu me la présenter il y a quelques mois. Il voulait l'épouser, mais le père de la fille ne voulait pas. J'ai dit à Ali d'arrêter, parce que Kodjo est un maître de science. Il ne faut jamais le défier. Ali ne m'a plus parlé de la fille, mais je ne sais pas s'il continuait à la voir.

– Pourquoi Kodjo ne voulait pas d'un gendre comme Ali ?

– Nous, nous sommes musulmans, Kodjo ne l'est pas. Peut-être que c'est à cause de cela, je ne sais pas. Ali avait promis de nous acheter une charrue et des bœufs ; il devait engager quelqu'un qui travaillerait pour nous, parce qu'il allait bientôt avoir beaucoup d'argent. Mais Amma en a décidé autrement.

Dans une autre case s'élevèrent les pleurs de la vieille tante inconsolable.

Les policiers prirent congé.

CHAPITRE 20

Dans la 4 x 4 qui roulait vers Pigui en soulevant un épais nuage de poussière, Sosso tenta désespérément de joindre le maire. Il en informa Habib qui se contenta de soupirer. En fait, les policiers étaient mal à l'aise. Habib ne cessait de se demander s'il n'avait pas commis une faute en n'assurant pas la sécurité du maire et de ses adjoints. Mais les protéger contre qui ? Celui qu'ils avaient désigné comme leur futur meurtrier ne semblait nullement mêlé aux morts successives. En outre, que faire contre un ennemi invisible, qui pouvait frapper partout et à tout moment ? Non, le commissaire avait tort de culpabiliser : tout simplement, il n'avait jamais été confronté à pareille réalité. Sosso, en revanche, se désolait de la perte d'Ali parce que c'était un garçon de son âge, qui aurait pu être un bon copain. Sa fragilité ne l'avait pas sauvé d'une mort brutale et atroce. Tous les deux pensaient à Dolo, le maire, mais que faire pour l'aider, puisqu'on ne savait même pas où il se terrait.

Le commissaire et l'inspecteur abandonnèrent le véhicule et se dirigèrent vers la maison du Hogon. La nouvelle de la mort d'Ali avait sans doute fait le tour du village, car tout le monde semblait porter un intérêt particulier aux policiers.

Chez le Hogon, Douyon, le fidèle assistant, était toujours là. Il salua de sa voix suave et plaisanta comme d'habitude et, comme d'habitude, les étrangers reçurent le rituel pot d'eau de bienvenue.

– Nous souhaitons voir le Hogon, dit Habib.

– Ah oui, répondit Douyon de sa façon inimitable, il va beaucoup mieux aujourd'hui.

– Alors, est-ce que nous pouvons le voir ?

– En vérité, il est encore fatigué et je crains…

D'une case, une voix appela Douyon, qui se leva prestement.

– Le Hogon dit qu'il peut vous recevoir. Il va vous parler, c'est exceptionnel, car il ne parle jamais aux étrangers de passage. Ne l'oubliez pas. Venez avec moi dans sa chambre, dit-il aux policiers qui le suivirent.

La case était dénuée de meuble, excepté une espèce de tablette sur laquelle était sculpté un couple de cavaliers. Sur un lit de bambou, le Hogon, un octogénaire, était assis, les jambes allongées. Il portait un bonnet rouge, un grand boubou de cotonnade indigo, des sandales ornées de cauris et tenait une canne. Une impression de grande douceur se dégageait de son être, et ses petits yeux brillants se plissaient quand il souriait.

– Nous sommes passés ici une première fois, mais vous ne vous sentiez pas bien. Nous avons été bien accueillis par Douyon, commença Habib.

– Oui, il me l'a dit, acquiesça le Hogon, j'avais un peu de fièvre. C'est l'annonce du changement de saison, car l'hivernage ne va plus tarder. Vous avez vu les nuages de plus en plus lourds dans le ciel, n'est-ce pas ? Maintenant ça va mieux.

– Qu'il en soit ainsi pour longtemps.

– Qu'Amma vous entende. J'allais vous demander la raison de votre visite.

– Nous sommes des fonctionnaires de la police et nous sommes venus de Bamako. D'abord, nous avons tenu à vous dire bonjour, comme le veut la coutume. Ensuite, nous aimerions nous entretenir avec vous à propos de certains événements qui ont eu lieu à Pigui.

– Il n'y a aucun mal à se renseigner. Je vous écoute donc.

– Vous savez que les jeunes gens qui travaillent à la mairie sont en train de mourir, les uns après les autres, de façon étrange. Il n'en reste plus qu'un, car le troisième est mort ce matin même. Je pense que ces morts ne sont pas naturelles, mais que quelqu'un les a provoquées. J'essaie de savoir qui.

Le Hogon hocha la tête, les yeux fixés au sol.

– Quand nous, les Dogonos, nous sommes venus nous installer ici il y a plus de sept cents ans, c'était parce que nous étions un peuple farouche, fier et jaloux de sa liberté. Nous sommes venus du grand Mandé, sans armes ni richesses. Nous n'avions que notre foi. Depuis, ici, nous nous sommes mis sous la protection de notre dieu Amma. Tout ce qui est sur notre terre et sous notre terre n'existe que par la volonté d'Amma. Amma seul a réponse à tout. Notre premier ancêtre, Lèbè, nous a apporté la mort, certes, mais il nous a donné aussi la mission de veiller sur l'héritage commun. C'est pourquoi chaque Dogono, où qu'il se trouve, doit se dire qu'il a pour mission de veiller sur l'héritage de l'ancêtre, sinon il cesse d'être un Dogono. Moi, qui suis le Hogon, du matin au soir, je suis assis ici et j'attends que, chaque nuit, Lèbè, notre ancêtre, vienne me lécher et m'enseigner un peu de son savoir infini. C'est ma mission, c'est mon destin. Je l'assume. Tout ce qui se passe à Pigui me concerne. Vous me dites que des jeunes gens meurent à Pigui et que cela vous étonne. Vous voudriez savoir pourquoi ils meurent. Ma première réponse à votre interrogation est ceci : quelle que soit son intelligence, l'homme ne sera jamais dieu. La mort est l'affaire de dieu.

– D'après vous, les jeunes gens qui sont morts ont-ils été fidèles à la prescription de votre ancêtre Lèbè ? demanda Habib.

– Qui suis-je pour oser porter un jugement sur un mortel ? Je ne suis qu'un mortel moi-même.

– Ils ont été à l'école des Blancs, ils ne pensent pas comme vous.

– Ce n'est pas l'école qui pousse les individus à oublier leurs racines, mais leur propre faiblesse.

– J'ai appris que vous aviez un champ.

– Je possède un champ, comme chaque Hogon, depuis l'origine des temps.

– Et si quelqu'un s'avisait de vous prendre votre champ ?

– Personne ici, à Pigui, ne touchera au champ du Hogon puisque chacun a son champ, répondit l'homme en souriant.

– Oui, mais si on touchait à votre champ quand même, quelle serait votre réaction ?

– Je ne réagirais pas.

– Vraiment ?

– Vraiment.

– Parce que quelqu'un d'autre réagirait à votre place, n'est-ce pas ?

Là, le Hogon rit de son rire d'enfant.

– Je crois qu'il y a un malentendu, Kéita, car vous êtes Kéita, n'est-ce pas ? Le champ du Hogon appartient au Hogon, pas à moi.

– Mais vous êtes bien le Hogon ! s'étonna le commissaire.

– Bien sûr que je suis le Hogon, mais l'individu que je suis n'est qu'un individu parmi d'autres. Le champ du Hogon appartient au Hogon d'aujourd'hui et de demain. Celui qui y touche touche au bien du Hogon, pas à mon bien.

– Oui, Poudiougou, car vous êtes Poudiougou, n'est-ce pas ? Mais qui préserve le bien du Hogon d'hier, d'aujourd'hui et de demain ? insista le commissaire.

– Tous les Dogonos. Nous nous sommes compris maintenant, je pense. La parole est difficile, voyez-vous, sa force et sa justesse ne dépendent pas toujours du savoir.

– Il est dit : parle, mais ne dis pas tout ce que tu as dans le ventre. Moi, je suis un Malinké, j'ignore les fioritures. C'est pourquoi je vous demanderai, Poudiougou, vous le Hogon, saviez-vous que des gens s'apprêtaient à prendre le champ du Hogon de Pigui pour y construire des maisons ?

– Les Malinké sont nos cousins, n'est-ce pas ? Nous vivions ensemble dans le grand Mandé il y a sept cents ans. Votre façon de questionner ne me surprend donc pas : le Malinké sera toujours le Malinké. Vous me dites que des gens s'apprêtaient à prendre le champ du Hogon. Je vous demande : l'ont-ils fait ?

– Ils s'apprêtaient à le faire.

– Pourquoi ne l'ont-ils donc pas fait ?

– Parce qu'ils sont morts ou sont condamnés à mourir.

Assis côte à côte, Douyon et Sosso assistaient muets à ce duel. C'était plutôt un jeu de cache-cache où les joueurs devenaient tour à tour la souris et le chat. Les spectateurs demeuraient là, médusés et inquiets de l'issue du combat.

– Kéita, la parole qui ne franchit pas la barrière des lèvres s'appelle pensée. Or il n'y a rien de plus secret que la pensée. Que des gens soient tués parce qu'ils ont seulement pensé m'étonne fort.

– C'est exact, et c'est pourquoi je crois que leur pensée est devenue parole que le vent a emportée et qui est tombée dans une oreille qui l'a transmise à une autre oreille. Je sais que les jeunes gens de la mairie sont morts d'avoir voulu prendre la terre du Hogon.

– Si ce que vous dites est vrai, n'ont-ils pas mérité la mort ?

– Les Dogons vivent à Pigui, Pigui fait partie d'un pays : le Mali, et seul le Mali a le droit de punir. Il ne peut pas y avoir deux lois dans un même pays.

– Je vous demande alors, Kéita, de Pigui et du Mali, lequel est le plus ancien ?

– Ce n'est pas une question d'ancienneté, Poudiou-gou, mais une question de droit. Pigui est une commune, il n'est pas l'État.

– Je vous pose encore une question : avant que Pigui soit une commune, n'existait-il pas ? Les Dogonos sont-ils nés avec la commune ?

– Les Dogonos occupent ces terres depuis sept cents ans, je le sais, mais ils ne sont pas une nation indépendante.

– Cette terre a été donnée aux Dogonos par Amma ; nos ancêtres nous l'ont léguée pour l'éternité. Celui qui ignore cette loi ignore tout.

– Vous avez tort, Poudiougou. Puis-je savoir maintenant de quoi vous avez parlé lors de votre réunion la nuit qui a précédé la mort des jeunes gens ? demanda le commissaire en regardant le Hogon droit dans les yeux.

Ce fut l'assistant qui répondit.

– Voyez-vous, Kéita, la parole aussi oublie parfois la sagesse, alors elle s'enivre. C'est pourquoi il vaut mieux la laisser se reposer quand elle commence à s'agiter. Puis-je vous demander que nous nous revoyions demain soir, non pas chez le Hogon, mais sous le *togouna* ?

– Je n'y vois aucun inconvénient, si tel est le désir du Hogon, dit Habib.

– Qu'il en soit donc ainsi, par la volonté d'Amma. Que Lèbè prenne soin de notre chemin, conclut l'assistant avec un sourire énigmatique.

Le Hogon, lui, paraissait absent.

CHAPITRE 21

Un sifflement strident retentit. Puis ce fut comme une souris qui rognait le grillage de la fenêtre, bientôt rejointe par une autre souris, puis une autre, jusqu'à ce qu'on eût l'impression que c'était plutôt un chat qui griffait le battant rageusement ; puis s'y mirent un autre chat, puis un autre et encore un autre.

Sosso se réveilla, alluma la veilleuse et tendit l'oreille. Aux crissements s'ajoutèrent des sifflements de plus en plus nombreux, de plus en plus aigus. Ensuite, des coups sourds retentirent contre le battant de la fenêtre, de plus en plus violents. On eût dit des pierres lancées à toute volée qui venaient s'écraser sur le bois.

Sosso crut que des enfants malveillants prenaient plaisir à l'empêcher de dormir et il s'apprêtait à ouvrir la fenêtre pour crier sur eux quand un coup plus rude fracassa le battant de la fenêtre, dont un morceau vola et alla s'écraser sur le mur opposé. Alors, par la brèche, une tête de serpent jaillit en sifflant comme une flèche. Le reptile, dont le reste du corps peinait à s'extirper de la fente, ouvrait grandement la gueule et sifflait horriblement. De rage, il s'agitait tant que, sous l'effet de la lumière, son corps lançait des traits en tous sens.

Sosso demeurait figé, subjugué par le reptile, qui, visiblement, lui en voulait à mort. Petit à petit, le corps gluant se libérait de l'étreinte de la fente et, petit à petit, le crochet mortel se rapprochait du jeune inspecteur, figé telle une statue. Les crissements et les sifflements continuaient de plus belle : d'autres serpents tentaient furieusement d'entrer dans la chambre. Des fragments du battant de la fenêtre se mirent à fuser et frappèrent Sosso en pleine figure. Le jeune homme ne bougeait toujours pas. Deux, puis trois têtes de serpents passèrent à travers le battant de la fenêtre et, coincés dans les fentes, ils sifflaient à qui mieux mieux. Parfois, deux gueules passaient à travers la même fente, alors ça sifflait de plus belle en se débattant.

L'inspecteur, toujours fasciné par le spectacle et rivé sur place par la peur, était tétanisé. Le premier serpent réussit à faire passer son corps à travers la fente et s'élança à la vitesse de l'éclair vers Sosso.

Habib surgit alors, tira brutalement son collaborateur par la chemise jusque dans la chambre contiguë et referma la porte en fer avec fracas.

– Sosso ! Sosso ! C'est fini maintenant, répétait le commissaire à son collaborateur en le serrant contre lui.

Sosso faisait seulement « hum ! » en hochant la tête. Habib lui tapota la joue, lui secoua la tête, en vain : le jeune homme paraissait sous l'emprise d'un charme.

Dans la chambre de Sosso, les serpents étaient à présent pris d'une crise de folie meurtrière. Ils se jetaient contre la porte, sifflaient, s'entremêlaient et, irrités, se ruaient tous à la fois, se cognaient puis s'éparpillaient sur le sol de ciment. D'ailleurs, bientôt, contre la fenêtre de la chambre de Habib, des crissements caractéristiques s'élevèrent, mêlés de sifflements rageurs : les serpents tentaient de s'introduire de ce côté-ci aussi.

Le commissaire et son collaborateur se tenaient serrés l'un contre l'autre, au milieu de la chambre. Il n'y avait qu'une solution : sortir. Or, comme Habib entraînait Sosso vers la porte, des coups sourds retentirent contre le battant, suivis de sifflements toujours plus nombreux : les policiers étaient cernés.

Sauf miracle, c'était bien la fin, car les serpents qui leur en voulaient de façon si bruyante étaient des cobras. Même le commissaire, d'habitude maître de ses nerfs, sentait qu'ils étaient pris au piège. Déjà, à travers le grillage de la fenêtre et derrière les deux battants de porte, des gueules luisantes se tendaient, prêtes à piquer, leur croc à venin en avant.

C'est alors que l'instinct de survie vint au secours du commissaire, qui, bien que lesté de Sosso qui

227

l'agrippait, se rua vers la table de chevet, s'empara de la boîte d'allumettes publicitaire qui s'y trouvait, arracha le drap de son lit, l'enflamma et, muni de cette torche, brûla sans ménagement les têtes venimeuses qui pointaient. On entendit alors un bruit mat, comme celui d'un objet qui tombe sur le sol nu, en même temps qu'un sifflet retentissait du côté de la rue.

Ce fut comme le signal d'une débandade : se glissant sur les tablettes, le lit, le placard, les cobras se ruèrent dehors précipitamment et, en quelques secondes, s'évanouirent dans la nuit. Combien étaient-ils ? Une dizaine, peut-être moins.

Habib prit dans ses bras Sosso, qui tremblait de tous ses membres.

– C'est fini maintenant, lui dit-il.

C'est à ce moment qu'arriva le réceptionniste qui s'enquit de la raison de ce tohu-bohu. Quand Habib lui eut donné l'explication, l'homme écarquilla les yeux et hocha la tête sans rien dire. Les policiers demandèrent à changer de chambre.

Il fallut administrer un somnifère à l'inspecteur. Le commissaire prit une torche électrique et s'avisa de faire le tour de l'hôtel, du côté de la rue d'où étaient venus les serpents. Le réceptionniste jura que c'était de la folie, mais Habib ne céda pas.

Dehors, les traces des serpents étaient visibles, ce n'était donc pas un cauchemar. La lumière de la torche éclaira soudain un objet. Avec mille précautions, à l'aide d'un bâtonnet, le commissaire, après s'être protégé avec des gants, emporta l'objet dans sa chambre, le glissa dans un sachet en plastique et chargea le réceptionniste de le faire parvenir d'urgence au docteur Diallo.

*　　*

*

Inutile dès lors d'expliquer pourquoi les policiers n'apparurent au restaurant presque désert qu'à l'heure du déjeuner. Sosso, sous l'effet du somnifère, bâillait encore. Habib sourit en le regardant.

– Ce n'était pas un cauchemar hier, chef, dit l'inspecteur.

– Cette fois-ci non, Sosso. C'étaient de vrais serpents enragés, des cobras, me semble-t-il. Et je suis convaincu que quelqu'un les a aidés à pénétrer dans nos chambres, parce que ce ne sont pas les serpents qui ont perforé le battant des fenêtres. C'est un miracle que nous nous en soyons sortis.

– En somme, la foudre est tombée.

– Exactement ! Je crois que le Chat a mis sa menace à exécution, il voulait nous tuer.

– Oui, mais, chef, on ne va quand même pas le laisser libre !

– Quelle preuve as-tu pour l'arrêter ? Quel juge te croirait si tu lui racontais cette attaque de serpents ? Non, Sosso, pour le moment nous ne pouvons rien contre lui.

Sosso soupira en faisant un geste d'impuissance.

– Tu vois, mon petit, lui dit le commissaire, il y a en toi une peur de la brousse que tu dois vaincre. Tu as peur, pas seulement des serpents, mais de tout ce qui symbolise la brousse. Cette peur n'est pas un atout. Je me demande si la prochaine fois je ne devrais pas t'envoyer seul en mission.

L'inspecteur, que cette perspective n'enchantait visiblement pas, préféra ne pas répondre.

Un homme robuste et vêtu d'une blouse bleue se dirigea vers les policiers, salua et tendit une enveloppe au commissaire. Elle contenait le rapport d'autopsie du corps d'Ali et les résultats de l'analyse de l'objet que le commissaire avait ramassé derrière la fenêtre. Après avoir lu les documents, Habib les tendit à Sosso. Lorsque ce dernier releva la tête, le commissaire se contenta de lui montrer l'objet en question. De surprise, l'inspecteur demeura bouche bée.

Par-dessus la clôture de l'hôtel, on pouvait apercevoir une file d'âniers qui s'en allaient, sans doute à Bandiagara, avec leurs chargements d'oignons. Le cortège était composé essentiellement de femmes et d'enfants. Des chiens les accompagnaient en trottant et en agitant la queue. Habib les regarda d'un air pensif. Ces paysans avaient accepté l'ordre de leur société, ils ne se posaient pas de questions et ils en paraissaient sinon heureux du moins paisibles. Ils retourneraient en fin d'après-midi avec un peu d'argent qui leur permettrait de survivre quelques jours, mais ils ne semblaient pas demander davantage. Certes, ils resteraient anonymes pour toujours, mais leur mode de vie valait-il moins que le sien, fait de missions, de salaires de fin de mois et de doutes ?

– Réfléchis, Sosso, est-ce que maintenant tu te fais une idée plausible du meurtrier, du mobile et de l'arme du crime ?

Sosso réfléchit un court instant, puis il soupira.

– Sinon, continua le commissaire, tu l'apprendras ce soir, sous le *togouna*.

– Chef, est-ce prudent d'y aller ? demanda Sosso. Nous ne savons pas quel piège ils vont nous tendre, ces gens-là.

– Aucun, Sosso. Ils se sont rendu compte que j'ai tout compris. Téléphone à Jérôme pour l'informer que nous retournons à Bamako demain matin. Nous irons lui dire au revoir en partant. L'enquête est pratiquement terminée.

CHAPITRE 22

À la lumière d'une torche électrique, le commissaire et l'inspecteur marchaient à travers les buissons, vers le *togouna*. Sosso prenait bien soin de mettre son pas dans celui de son chef, car il n'était pas du tout sûr que le Hogon ne leur tendrait pas un nouveau piège. Certes, il avait, comme Habib, pris la précaution d'emporter son arme, mais sait-on jamais ?

La masse sombre, imposante du *togouna* se profila. Déjà, on pouvait percevoir des bribes de conversations. Habib et Sosso saluèrent et ce fut un brouhaha qui leur répondit.

Tous les chefs de famille étaient présents autour de l'assistant du Hogon. Les tenues étaient invariablement des boubous de cotonnade blancs ou ocre, et les coiffures, des bonnets pointus aux larges rabats, de cotonnade également. Dans cet ensemble presque uniforme, seul détonnait le regard jaune du Chat, qui portait sa besace en bandoulière et serrait un sac de voyage défraîchi entre ses jambes. Tout ce monde était assis sur des troncs d'arbres couchés. Le commissaire et l'inspecteur furent déçus et intrigués de l'absence du Hogon. Etait-ce un simple retard ?

Douyon, le maître de cérémonie, après avoir échangé quelques mots avec son voisin, parla.

– À vous tous, chefs de famille de Pigui, mon salut, par la grâce d'Amma et de notre ancêtre Lèbè. À travers moi, le Hogon est parmi nous ce soir. Et s'il a tenu à être des nôtres, c'est parce que le sort de Pigui et des Dogonos que nous sommes l'exige. Poudiougou a reçu la visite de Kéita et de son collaborateur que voici. Ce sont des gens de la police venus s'enquérir de la situation chez nous. Je voudrais leur faire comprendre que le Hogon est certes absent, mais que tous les mots que je vais prononcer sortiront pourtant de sa bouche : je n'y ajouterai ni n'en retrancherai un seul. Donc les étrangers ont parlé des décès qui ont eu lieu ici, ceux des trois enfants de la mairie : Antandou, Ali et Ouologuem, et de Nèmègo. Ils n'ont pas parlé de Yadjè, pourtant lui aussi est mort. Ils ont dit que leur mort n'était pas naturelle, que quelqu'un les avait tués. Le Hogon les a écoutés, car il faut écouter pour comprendre. C'est pourquoi il est bon que les pères des défunts prennent la parole tour à tour pour éclairer Kéita et son collaborateur.

Dans un silence de mort, l'oncle de Yadjè commença.

– Moi, Kansaye, je vais parler. Kéita et son collaborateur m'ont rendu visite. Je leur ai dit ce que je pensais.

Mon neveu Yadjè est mort dans l'honneur et dans la dignité. Il est mort, parce qu'il est tombé de la falaise. Il aurait pu survivre, mais Amma l'a décidé autrement. Je voudrais que les étrangers sachent que nous ne troquerons notre dignité contre rien. Je n'en veux ni au père ni à la mère de Nèmègo : ce qui devait arriver est arrivé. Qu'il en soit toujours ainsi, selon la volonté d'Amma et de notre ancêtre Lèbè.

On entendit des « hum » d'approbation, ponctués de hochements de têtes ; puis, comme sur commande, une autre voix s'éleva.

– Quant à moi, le père d'Antandou, je voudrais dire ceci aux étrangers : tout ce qui arrive découle de la volonté d'Amma. Personne ne peut ôter la vie si Amma ne le veut pas, sinon la punition qu'il subira sera sans pareille. Mon fils est mort parce qu'il devait mourir. Voilà.

On approuva de nouveau, de la même manière, et, de la même manière, s'éleva une voix rocailleuse et tremblante.

– Je suis le père de Ouologuem. Je ne parlerai pas différemment des autres. Je voudrais seulement que les étrangers sachent que tout père, quoi qu'il laisse paraître, aime son fils. Et moi, j'aimais Ouologuem. Mais, comme moi, mon enfant avait une mission : faire en sorte que la dignité et l'honneur des Dogonos soient saufs. S'il est mort de n'avoir pas honoré sa mission, alors il a eu la mort qu'il méritait. Notre ancêtre Lèbè l'a voulu.

Le commissaire constata que, dans un bel ordonnancement, les orateurs s'exprimaient de la droite vers la gauche de l'assistant du chef spirituel. Ce fut donc sans surprise qu'il entendit le dernier orateur s'exprimer tout à côté de Douyon.

– Je suis le grand-oncle paternel d'Ali. Mon jeune frère a choisi d'être musulman, cela le regarde. Personne ne l'a tenu à l'écart si ce n'est lui-même. Ce n'est pas parce que Ali ne porte pas un nom de chez nous qu'il n'est pas mon petit-neveu. Il porte du sang dogono. Si, sous prétexte qu'il est musulman, il ne se sent pas obligé de se comporter comme nous autres, il n'a quand même pas le droit de porter atteinte à l'honneur et à la dignité des Dogonos. S'il a perdu la vie pour avoir oublié cette vérité, c'est du fait de notre ancêtre Lèbè. Aucun mortel n'en est responsable.

– Nèmègo a oublié le sens de l'amitié. Il a fait un faux pas et il est tombé dans le ravin. Ce n'est la faute de personne. Que puis-je dire de plus ?

Ainsi s'exprima le père de Nèmègo.

Le maître de cérémonie laissa s'écouler quelques minutes de silence avant de reprendre la parole.

– Ceux qui devaient parler ont parlé. Le Hogon les a entendus, l'assemblée les a entendus. Les étrangers les ont entendus. Chacun a dit ce qu'il avait au fond de son cœur, en toute honnêteté. Le Hogon, par ma voix, vous remercie, l'assemblée vous remercie, vous qui avez parlé. Maintenant, si les étrangers ont quelque chose à ajouter, je voudrais qu'ils sachent que nous sommes tout oreilles. Kéita, la parole est à vous.

Le commissaire n'était pas dupe : ces vieillards-là s'étaient concertés avant la réunion, chacun savait ce qu'il avait à dire, il n'y aurait jamais de voix discordantes. Les propos étaient tous alambiqués, uniformes, parce que personne ne voulait répondre directement à la question que le commissaire se posait.

– Je salue le Hogon absent, mais présent à travers vous, Douyon ; je vous salue tous, mes cousins dogonos, commença le commissaire. J'aurais voulu vous rencontrer dans d'autres circonstances, mais l'homme n'a pas toujours le choix en tout. Je suis donc venu chez vous pour savoir comment et pourquoi sont morts les jeunes gens de la mairie. Prêtez-moi attention. Tous ces jeunes gens sont morts pour une raison précise : c'est qu'ils sont allés à l'encontre de l'ordre qui est établi ici depuis des siècles. Yadjè et Nèmègo se sont battus parce que Nèmègo a transgressé un principe sacré auquel tient tout Dogono digne de ce nom : l'amitié. Les autres, Ali, Antandou et Ouologuem, ainsi que Nèmègo, ont commis le sacrilège de vouloir accaparer et vendre le champ du Hogon à des gens qui voulaient y construire un hôtel.

La propriété du Hogon est sacrée pour vous, et son respect s'impose à tous. J'ajoute que le fait de courir après la fille de Kodjo n'a pas simplifié le cas d'Antandou. Je n'étais pas présent à votre réunion, la veille de la mort de Nèmègo et d'Antandou, mais je devine ce qui s'est dit ce soir-là, et chacun de vous se souvient de ses propos. Que s'est-il donc passé ?

*　　*

*

Après le duel, Douyon, qui se trouvait sur les lieux, alla informer le Hogon des événements que Pigui venait de vivre. Certes, se défier pour des raisons d'honneur n'était pas rare, mais le Hogon pensa que l'affaire était beaucoup plus grave que ce qu'on en voyait au premier abord. Aussi ordonna-t-il à son assistant de convoquer le conseil des Anciens le soir même, sous le togouna. *Le Hogon ne se déplace pas et parle peu. Aussi chargea-t-il Douyon du message qu'il devait délivrer aux chefs de famille réunis.*

Donc, ce soir-là, se guidant à la lumière de la lune ou d'une torche électrique, des ombres fantomatiques, à la démarche parfois incertaine, soutenues par des cannes, commencèrent, à travers champs, à converger vers le togouna. *Elles étaient comme des cônes vivants, avec leurs boubous et leurs bonnets pointus.*

Au milieu du togouna, *une lampe à huile dont la mèche de chiffon dessinait sur le sol d'étranges silhouettes sans fin tenait compagnie à Douyon, assis, seul, et plongé dans ses pensées. Ensuite, ce fut une ombre, puis deux, puis trois qui entrèrent sous le* togouna *en se courbant. Alors les salutations n'en finirent plus, et au fur et à mesure que les arrivants prenaient place sur les troncs d'arbres, le* togouna *s'animait. Le silence se fit brusquement sans que personne l'eût commandé et la voix de l'assistant du Hogon s'éleva.*

– Amma a guidé nos pas jusqu'au togouna *ce soir, puisse-t-il nous donner la sagesse nécessaire pour franchir tous les obstacles. Je parle sous le regard de notre ancêtre Lèbè. Le Hogon m'a chargé de vous réunir ce soir en son nom autour d'un problème très grave qui concerne Pigui, notre terre, la terre de nos aïeux. Je ne vous dirai que ce qu'il m'a chargé de vous dire. Si j'y ajoute ou en soustrais un mot, que ce mot soit une tache sur mon nom pour toujours.*

« Aujourd'hui, des enfants se sont battus sur la falaise. Deux d'entre eux sont morts, l'autre est griè-vement blessé. Leurs pères sont ici parmi nous, certes, mais ne sont-ils pas tout simplement des enfants dogonos, nos enfants ? S'ils s'égarent, ce sont nos enfants qui s'égarent. Par les temps qui courent, perdre son chemin, c'est perdre son avenir. Pourquoi nos enfants

se sont-ils battus ? Parce qu'une des valeurs qui fondent notre société a été bafouée : l'Amitié. Je vous insulterais en voulant vous expliquer que pour nous, les Dogonos, l'Amitié signifie droiture et honneur, toutes ces valeurs qui sont des piliers de notre société. Nèmègo était l'ami de Yadjè, mais il n'a pas hésité à porter son regard sur la fiancée de son ami. Malheureusement, c'est Yadjè qui a perdu la vie. Pourtant, il avait raison de défendre son honneur. Ce n'est pas nous qui décidons, mais Amma. Et Amma a décidé que Yadjè devait mourir.

« Le Hogon me charge de vous dire que rien n'arrive sans raison et que la raison d'Amma n'est pas forcément la nôtre. Ce n'est donc pas le duel en lui-même qui a amené le Hogon à convoquer cette réunion. En effet, Nèmègo est l'ami de Dolo, de Ouologuem, d'Antandou et d'Ali. Ce sont eux qui dirigent la mairie. En son temps, le Hogon vous a dit que le monde marchait sur la tête, puisqu'on demandait à des enfants de prendre la direction de la société des Dogonos. Nous les avons laissés faire, car pour nous, ils n'étaient que des enfants qui, assis à califourchon sur une tige de mil et agitant les jambes, s'imaginaient monter un cheval de course. La terre des Dogonos ne peut appartenir qu'aux Dogonos, et nul humain, quel que soit son pouvoir, ne peut décider à la place d'Amma et de notre ancêtre Lèbè.

« Voilà quelques mois pourtant qu'un projet funeste a envahi l'esprit de nos enfants : ils se sont avisés, avec la complicité de gens étrangers à notre pays, d'accaparer les terres du Hogon pour y construire des hôtels, y faire venir des étrangers, des femmes aux mœurs légères et des coutumes qui ne sont pas les nôtres. Tout cela, uniquement pour de l'argent. Lorsque la nouvelle est parvenue aux oreilles du Hogon, il m'a chargé d'appeler Dolo pour lui donner des conseils et le mettre en garde. Car, dites-moi, lequel d'entre nous accepterait jamais que soit vendue une portion même infime de notre pays ? Pourtant, il y a trois jours, nos enfants ont vendu notre terre et en ont reçu un acompte. Oui, Ali, Ouologuem, Dolo et Antandou ont reçu de l'argent des étrangers auxquels ils ont vendu une partie de notre terre.

« C'est l'argent qui les pousse à ne plus respecter leurs aînés, à prendre les femmes de plus pauvres qu'eux, à cracher sur l'amitié, à se considérer comme des rois. À ce rythme, que deviendra donc Pigui ? Que peut-on espérer de tels enfants quand ils auront grandi en n'ayant pour seul maître que l'argent ?

« Le Hogon me charge de vous demander si être Dogono a encore un sens. Tant que des étrangers viennent nous voir sans porter atteinte à nos valeurs, il n'y a pas de quoi se fâcher ni s'inquiéter, mais quand nos enfants s'allient avec des étrangers pour s'emparer de notre terre, alors rester passifs nous rendrait complices de leur forfait.

« N'est-ce pas Lèbè qui a guidé nos pas jusqu'à ces terres qu'Amma nous destinait ? Le monde, notre monde, appartient à Amma. C'est lui qui a créé les huit ancêtres primordiaux, c'est lui qui a fait exister notre ancêtre Lèbè pour qu'il donne naissance aux quatre tribus originelles. N'oublions pas d'où nous venons.

L'auditoire écoutait, le regard fixé au sol. Certains se lissaient la barbe, d'autres hochaient la tête sans arrêt. La nuit avançait. On entendait des ânes braire, au loin. Des cris d'oiseaux s'élevaient parfois de quelque part. Quand la brise soufflait, la flamme de la lampe à huile dansait follement, puis se redressait. Seul le Chat se tenait droit, immobile, les yeux fixés sur l'orateur, sa besace en bandoulière.

– Nous savons que l'homme peut tout enfanter, y compris son propre ennemi, continua Douyon. Ces enfants sont nos fils, mais ils sont devenus nos ennemis, car seuls nos ennemis osent former le projet de nous déposséder de notre terre. En fait, ils nous combattent avec l'argent et pour l'argent, l'argent de nos ennemis. Alors, je vous demande : que devons-nous faire ? Le Hogon m'a chargé de vous poser cette question : que devons-nous faire si nous sommes encore des Dogonos ? Nous sommes tous les pères de ces enfants, mais c'est d'abord à ceux qui leur ont donné le jour que je pose cette question.

Il y eut un moment de flottement, puis la voix du père d'Antandou s'éleva :

– Si Antandou a préféré l'argent à sa terre, c'est qu'il a aussi préféré l'argent à son père. S'il fait si peu cas de moi, alors il n'est plus mon fils. Qu'il soit puni comme on punit les traîtres. Voilà ce que je réponds au Hogon.

– L'épervier ne peut donner naissance à un crapaud. Dolo s'est comporté comme un crapaud, il ne peut pas être mon fils. Que ce qui doit lui arriver lui arrive, par la volonté d'Amma. Voilà ma réponse au Hogon, déclara le père du jeune maire.

Le père de Ouologuem, un vieillard aveugle, fut le plus laconique.

– Si mon fils a fauté, qu'il le paie cher, selon la volonté d'Amma.

– Ali est comme mon fils, déclara le grand-oncle d'Ali, mais il ne s'est pas comporté comme mon fils. Son père est mort d'avoir trahi et, lui, il suit les traces de son père. Il aura mérité tous les châtiments.

Des murmures emplirent le togouna. Au loin, les ânes brayaient encore.

– Je rapporterai vos propos au Hogon sans y rajouter ni en omettre un mot. Ali, Ouologuem, Antandou et Dolo paieront de leur vie. C'est ce que vous avez décidé. Si quelqu'un a une objection, qu'il la formule maintenant, sinon qu'il se taise pour l'éternité.

C'est alors qu'intervint le père de Nèmègo.

– Mon fils Nèmègo ne travaille pas à la mairie, mais il est l'ami de ceux qui y travaillent. Il n'a pas pris l'argent de la vente de notre terre, mais il a perdu le droit chemin. Quand on a pour ami un galeux, on finit par attraper la gale. Nèmègo aussi a trahi. Il a piétiné l'amitié, il a donc piétiné notre dignité. Qu'il subisse aussi le châtiment réservé à ses amis. J'ai terminé.

Il y eut de nouveau des murmures. Un vieillard édenté, plié en deux, toussa longuement avant de pouvoir s'exprimer d'une voix fluette.

– Ma fille Yakoromo n'est pas moins coupable. Yadjè était son fiancé. Nous, ses parents, l'avions décidé avant même sa naissance. Si elle a trahi son fiancé pour se lier avec son meilleur ami, c'est qu'elle n'est plus digne de nous. C'est par elle que le malheur est venu. Je n'ai pas attendu. Je lui ai dit qu'elle n'était plus une Dogono, qu'elle devait s'en aller pour toujours. À l'heure qu'il est, elle est sur les routes et ne s'arrêtera qu'une fois hors de toutes les terres où vivent les Dogonos. Pour moi, ma fille est déjà morte.

– Tout ce que nous venons de dire et d'entendre est enfermé avec nous dans notre tombe. Le Hogon vous salue. Qu'Amma éclaire notre chemin, que Lèbè veille sur tous, conclut l'assistant du Hogon.

Pendant que les autres quittaient le togouna, sa besace à l'épaule, le Chat se dirigea vers Douyon qui semblait l'attendre.

Quand les notables cheminèrent à travers la broussaille vers leurs demeures, le troisième chant du coq retentit.

Au moment où la lumière du soleil naissant commençait à éclairer la falaise, quelque part dans le village, une femme poussa un hurlement de douleur que l'écho répercuta à l'infini. C'était la mère de Nèmègo : elle venait de découvrir le corps inanimé de son fils, enflé comme une baudruche géante, un filet de sang noir coagulé au coin des lèvres.

Peu après, une autre plainte lugubre retentit ailleurs : à son tour, la mère d'Antandou, l'ami de Nèmègo, découvrait le cadavre démesurément enflé de son enfant, un filet de sang noir coagulé au coin des lèvres.

* *

*

Ce sont ces scènes qui surgirent dans l'esprit de son auditoire quand le commissaire, moins informé des détails, révéla sa version des faits, conforme, pour l'essentiel, à la réalité.

– Comment sont morts les jeunes gens ? continua-t-il. C'est ce que je vais expliquer à présent. Kodjo, que voici, est le gardien du sanctuaire des serpents. Je l'ai vu maintes fois escalader la falaise, mais je n'ai jamais cherché à savoir ce qu'il allait y faire. Je sais, cependant, que ce sont des serpents qui y sont. Vous savez comme moi que tout animal, fût-il sacré, peut être dressé pour qu'il obéisse aux ordres de son maître. Ainsi, Kodjo est aussi le maître des cobras, qui lui obéissent au doigt et à l'œil. Comment opère-t-il ? Un serpent se dresse comme un chien, à tel point qu'il peut même réagir au coup de sifflet de son dresseur. Si tu veux qu'il aille piquer quelqu'un, donne-lui à humer et à reconnaître l'odeur de la personne. Il suffira alors de le conduire non loin de la future victime pour qu'il la reconnaisse et qu'il la morde. Le tout, c'est donc de trouver un habit ou un bien de la future victime, en tout cas un objet qui a gardé son odeur. Vous le savez aussi bien que moi, une case a beau être fermée, il y aura toujours dans le toit ou entre les briques ou les pierres de ses murs un espace par où le serpent peut passer. Voilà comment Ali, Antandou, Ouologuem et Nèmègo ont été tués, mordus par un serpent. Il ne s'agit pas d'une simple morsure qui inocule le venin déjà mortel du cobra. Tout le monde a remarqué que les victimes enflent aussitôt et que du sang se coagule presque instantanément aux coins de leurs lèvres. C'est la *tête jaune* qui produit un tel effet quand elle est combinée au venin du cobra. Le serpent, quand il mord sa victime, lui inocule donc non seulement son venin, mais aussi un autre poison (la *tête jaune*), dont son crochet a été maculé. C'est ainsi qu'on le fait avec les flèches et les sagaies, n'est-ce pas ? Voilà pourquoi les victimes n'ont aucune chance de s'en sortir.

« Mais je vais être beaucoup plus précis. Kodjo, dans la besace qui pend à votre épaule, il y a au moins un cobra. Et dans la même besace, il y a sans doute un morceau de tissu appartenant à une future victime. C'est vous qui avez chargé Diginè, le petit cireur de chaussures, de dérober le mouchoir de mon collaborateur. Malheureusement pour vous, quand vous avez lancé vos cobras à l'assaut de notre chambre, tout ne s'est pas déroulé comme vous vous y attendiez. Dans votre précipitation, en voulant remettre les serpents dans votre besace, vous avez fait tomber le mouchoir de mon collaborateur. Autre détail important. Ali, Antandou et Nèmègo sont morts la nuit, dans leur chambre. Kodjo, ici, c'est vous le roi de la nuit. Vous pouvez sortir quand vous voulez, aller où vous voulez sans avoir de comptes à rendre à personne, je l'ai appris dès mon arrivée à Pigui. Il vous a suffi, à chaque fois, de lâcher le cobra conditionné à proximité de la case de votre victime pour que l'animal y entre et exécute votre volonté. Dans son sommeil, la victime ressent une piqûre dont elle ne saura jamais la nature. Et le serpent retourne vers son maître, qui le remet dans la besace. Quant à la mort de Ouologuem, elle est survenue le matin, un peu avant le Dama. Je vous ai demandé pourquoi vous étiez arrivé en retard à la fête, Kodjo, vous le porteur du masque de la Maison à étage, mais vous avez refusé de me répondre. Et maintenant, si j'affirmais que vous avez profité du fait que presque tout Pigui se trouvait sur la place publique pour introduire votre cobra dans la chambre de Ouologuem, que me répondriez-vous ?… Vous voyez, vous vous taisez. En vérité, c'est vous l'assassin, Kodjo, même si vous avez agi sur commande. Vos complices, ce sont tous ceux qui ont pris part à l'assemblée au cours de laquelle la décision de tuer les jeunes gens a été prise, c'est-à-dire vous tous qui êtes ici et le Hogon qui est absent. Kodjo, si vous voulez prouver que j'ai tort, ouvrez votre besace. Mais je sais que vous n'en ferez rien.

« Voilà comment les choses se sont passées. Si je mens, que quelqu'un me le dise à haute voix.

La gêne de l'assemblée était perceptible : on se tirait la barbe, on se grattait la tête, on toussotait, mais on ne parlait pas. Le Chat était le seul à rester de marbre et à regarder Habib d'un air féroce. Assis à côté de son chef, Sosso ne savait que penser. Certes le raisonnement du commissaire ne laissait aucun doute sur la façon dont les meurtres avaient été perpétrés, mais il se demandait quelle serait la réaction de ces vieilles personnes acculées à la défensive et sachant qu'elles risquaient la prison.

– Le Hogon va parler, annonça le maître de cérémonie, mais c'est, en fait, lui-même qui s'exprima.

– Kéita, commença-t-il posément, nous vous avons écouté. Je voudrais toutefois, avant d'aller plus loin, vous poser une question : de quel droit venez-vous vous mêler de nos affaires ?

– Parce que, comme vous, je suis un fils de ce pays, et parce que le crime est toujours mon affaire. Du reste, les serpents nous ont envahis la nuit dernière dans notre chambre, mon collaborateur et moi. Vous avez voulu nous tuer.

– Mais vous êtes vivants.

– Oui, parce que nous avons eu plus de chance que les autres. Mais je vous ai posé une question à laquelle vous n'avez pas répondu : ai-je menti ?

– S'agissant de gens respectables, on ne parle pas de mensonge, mais d'erreur. Si vous me demandez si vous vous êtes trompé, je vous dirai oui. Mais passons. Tous les chefs de famille vous ont parlé. Tout ce qui est arrivé devait arriver. Nous ne regrettons rien. Chacun doit faire ce qu'il a à faire. Mais souvenez-vous de ce que je vais vous dire, Kéita : tant qu'il y aura des Dogonos sur terre, ils défendront les Dogonos. Votre erreur, c'est d'accuser un être humain d'accomplir ce qui est au-dessus de ses forces. Ce ne sont pas les serpents qui mordent, c'est Lèbè qui tue, car c'est lui le premier des serpents. Celui que vous prenez pour le maître des serpents n'est en réalité que le serviteur de Lèbè. En fait, entre vous et nous, il y a un problème de compréhension, parce que nous ne donnons pas le même sens aux mots. Nous, nous accomplissons la volonté d'Amma et de Lèbè et nous serons solidaires jusqu'à la mort. C'est cela que je voulais vous faire comprendre.

– Vous reconnaissez donc ce dont je vous accuse. Je voudrais toutefois vous poser une dernière question : qu'avez-vous l'intention de faire à Dolo, le maire ?

– Je vous répondrai ceci, Kéita : l'avenir est dans l'empreinte du renard.

– J'ai compris, Douyon. Si j'ai un conseil à vous donner, c'est celui-ci : ne le touchez pas, dans votre intérêt. A votre place, je prendrais le temps de réfléchir avant d'agir. Dites cela au Hogon.

– Qu'Amma éclaire votre chemin, que Lèbè veille sur vous et sur nous tous, conclut le maître de cérémonie.

Sans un mot, tels qu'ils étaient venus, les notables se dispersèrent à travers la broussaille et, peu à peu, l'ombre les happa. Habib et Sosso les suivaient du regard.

– Ils ont l'air sonnés, chef, constata Sosso.

– Oui, dit Habib, c'est la première fois que ça leur arrive. Ils n'ont pas l'habitude de rendre compte de leurs gestes.

– Je me doutais bien que le champ du Hogon posait problème, mais le coup du serpent, ça non. Je ne sais pas comment vous l'avez deviné.

– Grâce à ton mouchoir, Sosso. Je ne comprenais pas pourquoi les serpents s'attaquaient à toi et pas à moi, jusqu'à ce que l'analyse ait prouvé que ton mouchoir était entaché de *tête jaune* et de venin ; c'est donc ton odeur qui guidait les serpents vers toi. Le reste était une affaire de déduction. Quand je pense que ces gens-là ont condamné leurs propres enfants à mort... C'est vrai que nous vivons dans deux univers différents.

– En revanche, rien ne vous permet d'affirmer que le Chat a profité du Dama pour exécuter Ouologuem, chef.

– Souviens-toi des propos que tu as échangés avec le guide, Sosso. Évidemment, je n'avais pas de preuve, mais l'hypothèse n'était pas absurde. Et le Chat n'a pas protesté. Ça, ce n'est pas de l'intuition, mais du flair. Les policiers en ont besoin aussi dans leurs enquêtes ; c'est comme la chance.

– Mais la besace de Kodjo, chef, comment avez-vous deviné qu'elle contenait des cobras ?

– Ça, c'est de l'intuition, Sosso. Le Chat a perdu son sang-froid, c'est ce qui m'a facilité la tâche.

Sosso se retint d'avouer à son chef qu'il l'admirait ; en revanche, il avait bien envie de lui demander quand il comptait procéder à l'arrestation de tout ce beau monde.

Chapitre 23

Le lendemain matin, à huit heures, le commissaire Habib et l'inspecteur Sosso s'apprêtaient à prendre place dans la 4 x 4 quand Ambaguè apparut sur une chaise roulante à moteur toute neuve. Le garçon laissait éclater sa joie sans retenue.

– Hé, commissaire ! Hé, Sosso, c'est moi ! lança-t-il avant de venir freiner presque contre la roue arrière de la 4 x 4.

– Ton nouvel engin a l'air de bien te plaire, Ambaguè, lui dit le commissaire.

– Trop ! s'exclama le garçon. Je suis le seul à en avoir un comme ça à Pigui. Je suis venu te dire un grand merci, commissaire. Je n'oublierai jamais.

– Sois prudent, ne roule pas trop vite, lui conseilla le commissaire.

– C'est promis. Tu vois, je transporte les oignons de notre champ. Finie la fatigue. Mon père est très content. Il voulait venir te dire merci, mais il ne se sent pas bien.

– J'ai compris, Ambaguè. Sois sage.

– Merci, commissaire, répéta le garçon. Sosso, on fera la course quand tu reviendras, n'est-ce pas ?

– Promis, le rassura Sosso.

La 4 x 4 démarra et, pendant quelques minutes, assis sur sa chaise, Ambaguè agita vivement la main.

– Chef, dit Sosso, quand lui avez-vous acheté cet engin ?

– Hier. C'est Samaké qui est parti l'acheter à Mopti.

– Mais vous avez fait une folie !

– Je sais, Sosso, ça m'arrive. Je me dis que la vie est bien injuste parfois. Le petit Ambaguè, par la force des choses, deviendra bientôt un chef de famille puisque son frère est mort. Tu imagines le sort qui l'attend ?

« Un homme bien étrange, le commissaire Habib », pensa Sosso qui ne comprenait pas vraiment cet accès de générosité.

*   *

*

Devant la gendarmerie de Bandiagara, un curieux spectacle les attendait. Une ambulance était garée là, à bord de laquelle des gendarmes tentaient de faire monter un homme qui tenait une brebis. Habib et Sosso n'eurent aucune peine à deviner qu'il s'agissait de Garba, le gendarme qui aimait trop les moutons. Il ne se décidait pas à lâcher la corde attachée au cou de sa bête, qui, de son côté, refusait de quitter son maître. Le lieutenant Diarra était lui-même présent et regardait la scène quelque peu perplexe. Il fallut une escouade de gendarmes et beaucoup plus de fermeté pour séparer le maître et la bête. Au moment où on lui ôta des mains la corde qui tenait la brebis, l'homme voulut s'adresser à la bête et il bêla. La brebis lui répondit et tenta de se rebeller, mais déjà l'homme était embarqué à bord de l'ambulance qui s'en allait.

— Je l'envoie à l'asile psychiatrique, à la demande de sa famille, expliqua Jérôme aux policiers en cachant mal son émotion. Il n'y avait pas d'autre solution. Vous le voyez bien : le drame individuel existe, même au pays des Dogons.

— C'est une histoire bien pathétique, et je comprends ce que tu dis, convint Habib, qui, précédé de Sosso et du chef de brigade, se dirigeait vers les bureaux de la gendarmerie.

*   *

*

— C'est un vrai drame cornélien pour moi, avoua le commissaire Habib quelques instants plus tard dans le bureau du lieutenant Diarra. Il n'y a aucun doute, c'est ainsi que les événements se sont déroulés. Du reste, lorsque je l'ai accusé, Kodjo n'a pas nié. Personne n'a nié, parce qu'ils étaient tous sonnés de voir quelqu'un dévoiler leurs secrets. Si j'ai pris part à cette rencontre, c'est parce que je voulais les voir tous, de plus près, les entendre. Leurs déclarations n'ont fait que conforter ma thèse. Maintenant, le problème est de savoir que faire. Il y a eu des meurtres, j'en ai les preuves. Le mobile est connu, les coupables aussi. Faut-il les arrêter ? Toute la nuit, je me suis tourné et retourné dans mon lit en essayant de trouver une réponse à cette question. Supposons que je les fasse tous arrêter, c'est comme si je décapitais une civilisation millénaire, car la fin de ces vieillards signifie la fin de la culture dogon, puisque ce sont eux qui en sont les dépositaires. En ai-je le droit ? D'autre part, ne pas le faire, n'est-ce pas laisser un crime impuni ? De la part d'un policier, c'est impardonnable. Voilà où j'en suis et c'est pourquoi je n'ai pas demandé ton aide pour procéder à des arrestations, Jérôme.

Durant quelques longues secondes, ni Sosso ni Diarra ne parlèrent. Finalement, c'est le gendarme qui dit :

– Je suis bien placé pour savoir que ce n'est pas simple, commandant. Je me demande, en fait, si la décision n'est pas plutôt politique. Il y a des crimes, certes, mais, moi, je me dis que ce sont des crimes de nature politique. Alors, que les politiques se débrouillent.

– Sauf que, quand même, protesta Sosso, c'est à la police d'arrêter les criminels. C'est au niveau de la justice que le politique peut intervenir.

— Entre nous, Sosso, insista Diarra, le politique peut arrêter les investigations où il veut, tu le sais bien. Je suis désolé, mais, si le rapport que le commandant va déposer peut être gênant, eh bien, il restera dans les tiroirs et l'affaire sera classée. J'ose même affirmer déjà que l'affaire de Pigui sera classée, parce que le pouvoir n'a aucun intérêt à ce qu'elle soit menée à terme.

— Ce qui est sûr, dit Habib, c'est que j'ai reçu la plus belle leçon d'humilité de ma vie. J'ai rencontré des personnes qui mettent l'homme au centre du monde. S'ils commettent un crime, ce n'est jamais pour défendre des intérêts personnels, mais pour sauver leur honneur et maintenir les fondements de leur société. Pour eux, les mots ont un sens. Ils vivent peut-être en dehors du temps, ils s'accrochent peut-être à un monde condamné à disparaître, mais ce monde a un sens. Je ne justifie pas les crimes, je constate seulement.

— Oui chef, protesta Sosso, mais ces gens-là ont quand même condamné leurs enfants à mort et les ont fait exécuter ! Dans une pareille situation, comme vous le dites souvent, philosopher, ce n'est pas l'affaire de la police et ce n'est pas le moment.

— Alors je vais te faire un aveu, Sosso : je me pose des questions désormais. En tout cas, ma décision est prise : je n'arrête personne. Je ne suis pas loin de penser la même chose que Jérôme : en haut, on se fiche que les criminels soient arrêtés ou pas, ce qu'on veut, c'est la tranquillité des électeurs. Et puis, cette histoire d'hôtel n'est qu'une magouille. Mais on n'en parlera pas. Réfléchis, Sosso : et si on ne nous avait envoyés ici que pour que nous facilitions la construction du complexe hôtelier en protégeant Dolo et sa bande ? C'est une hypothèse qui ne me paraît plus absurde. Eh bien, quand ils auront lu mon rapport, que ceux qui doivent décider décident !

De nouveau, le silence.

– Sur un tout autre plan, Jérôme, ajouta Habib, je ne comprends pas que le Hogon n'ait pas pris part à la réunion d'hier soir, sous le *togouna*. Tu as une explication, toi ?

– Tout simplement parce que les pieds du Hogon ne doivent pas toucher le sol hors de son domicile, mon commandant.

– Sinon ?

– Sinon, il ne pleuvra plus et c'est la sécheresse garantie.

– Hou là là ! Que Dieu nous en préserve. Alors, que le Hogon reste dans sa chambre ! plaisanta le commissaire, en serrant chaleureusement la main de Diarra. Un grand merci pour ton aide et ton hospitalité. Embrasse ton épouse pour moi. N'oublie pas de me faire signe quand tu viendras à Bamako. Tu vois bien que la gendarmerie et la police peuvent collaborer amicalement.

Le temps que Sosso et Diarra eussent fini de s'embarrasser, la 4 x 4 prit la direction de Bamako.

– On va bientôt se régaler de chair de chien et d'âne. N'est-ce pas, Kéita ? plaisanta Samaké, le chauffeur.

Et les trois hommes s'esclaffèrent.

CHAPITRE 24

Issa était encore dans son bureau, au ministère de la Sécurité intérieure, quand le commissaire Habib et l'inspecteur Sosso y arrivèrent. Il est vrai que, en chemin, Habib avait pris soin de téléphoner à son ancien condisciple pour annoncer sa venue.

– Tu as fait vite, commissaire, dit le conseiller du ministre, sans doute pour amorcer l'entretien.

– Oui, comme tu le vois, nous sommes de retour de Pigui.

– Avec de bonnes nouvelles, j'espère.

– Pas vraiment. Tu sais sans doute que deux autres adjoints du maire sont morts pendant que nous y étions.

– Je l'ai appris, oui. Et vous avez retrouvé l'assassin ?

Certes, le conseiller restait toujours aussi aimable, mais il paraissait vaguement inquiet et triturait nerveusement son stylo

– C'est plus compliqué que tu ne peux le penser. En tout cas, celui que le maire soupçonnait d'être l'assassin ou le futur assassin n'a absolument rien à voir avec les crimes. Cette enquête m'a mis très mal à l'aise, pour te parler franchement. J'ai eu l'impression qu'on m'avait envoyé là-bas pour des motifs politiques, qu'on attendait de moi que j'arrête simplement quelqu'un pour mettre fin à une situation potentiellement dangereuse. De toute façon, un tel traitement de l'affaire n'était pas possible. Je me demande si vous-mêmes, je veux dire l'autorité politique qui avait donné l'ordre d'enquêter, soupçonniez la complexité du problème.

– La complexité du problème ? s'étonna Issa. Je pensais qu'il y avait eu un crime, qu'il risquait de s'en produire d'autres et qu'il fallait stopper le processus en arrêtant l'assassin. D'après ce que le maire de Pigui nous a dit. Évidemment, c'est quelqu'un de notre parti, mais, pour ma part, il n'y avait aucune arrière-pensée.

– Je ne doute pas de toi, personnellement, Issa, mais je me pose beaucoup de questions, qui apparaîtront dans mon rapport. Vous avez créé des communes partout, vous avez fait faire des élections, mais vous êtes-vous seulement dit qu'à Pigui, par exemple, il y a une organisation territoriale, sociale, économique, antérieure à toute votre décentralisation, un concept venu d'ailleurs ? Avez-vous seulement pensé que vous plaquiez des structures nouvelles sur des structures anciennes en niant les secondes ? Avez-vous pensé un seul instant que vous créiez plus de problèmes que vous n'en résolviez ? Que vous faisiez pénétrer brutalement une autre culture, un autre type de comportement dans une civilisation millénaire ? Je me pose toutes ces questions-là, Issa, parce qu'elles se sont toutes posées à moi, à Pigui. C'est pourquoi je ne me suis jamais senti aussi mal à l'aise dans une enquête. De toute façon, vous prendrez vos responsabilités, car c'est à vous de décider de la suite à donner à cette affaire.

— Ouf ! c'est un vrai réquisitoire, mon cher philosophe. J'espère que ton rapport sera moins virulent, sinon j'imagine d'ici la tête du ministre. Parce que, le rapport en question, c'est à moi que tu l'apporteras d'abord, ta hiérarchie sera informée plus tard. Ce sont les instructions.

— C'est une bien curieuse pratique, constata le commissaire avec un sourire. Mais on verra bien. Encore une chose, Issa : s'il y a eu ces crimes à Pigui, c'est parce que quelqu'un ou certains, ici, à Bamako, ont eu l'idée stupide et criminelle de créer un complexe hôtelier sur des terres sacrées, là-bas. On me rétorquera que je n'ai pas mission d'enquêter sur ce fait. Mais tout se tient. Que ceux qui doivent décider décident.

Le conseiller prit la main du commissaire et lui demanda :

— Tu ne crois tout de même pas que j'aie pu faire ça, Habib, n'est-ce pas ?

— Sincèrement non, bien que je n'en aie pas la preuve, répondit le commissaire, qui ajouta : Dis-moi, est-ce que tu peux retrouver le maire de Pigui ? Il a disparu.

– Bien sûr, il est ici, figure-toi.

– Ah !

– Oui. Il est arrivé il y a deux heures environ. C'est lui qui m'a annoncé les deux morts. Il est dans un état pitoyable. En fait, il n'est pas très content de la façon dont les choses se sont passées…

– Dis qu'il n'est pas content de moi. Je n'en doute pas, mais c'est moi qui étais chargé de mener l'enquête, pas lui.

– Bien sûr ! Ne nous attardons pas sur ce détail.

– Il faudra lui trouver un refuge sûr, parce qu'il vaut mieux qu'il ne retourne pas à Pigui. En tout cas, pas maintenant. C'est dans son intérêt.

– Je t'avoue, Habib, dit le conseiller en se levant, que c'est compliqué, la politique. Tiens, venez, le maire de Pigui est dans la petite salle d'attente. Je dois l'accompagner sous peu chez le secrétaire général de notre parti.

Le commissaire et l'inspecteur suivirent le conseiller, qui ouvrit la porte de la salle d'attente en question. Le maire de Pigui était là, effectivement, étendu sur le dos, le corps démesurément enflé, un peu de sang noir coagulé aux commissures des lèvres, les yeux exorbités de terreur, la main définitivement tendue vers la porte.

Le conseiller se figea.

– Il y a moins d'une heure, il était là, penché à la fenêtre. J'ai même parlé avec lui, balbutia-t-il.

La large fenêtre donnait effectivement sur un grand garage à ciel ouvert, désaffecté.

– C'est probablement ce qui lui a été fatal, releva le commissaire.

Il venait de se souvenir du sac de voyage du Chat, lors de la rencontre sous le *togouna*, à Pigui.

– Le Chat l'a sans doute suivi ce matin, quand il a quitté Mopti. Il doit rôder dans les parages.

– Le chat ? Quel chat ? s'étonna Issa, les yeux écarquillés.

Le regard de Habib se porta instinctivement sur le trou béant destiné à recevoir le climatiseur que l'électricien n'avait pas fini de poser.

Le Prix de l'âme
essai
Présence africaine, 1981

Une aube incertaine
roman
Présence africaine, 1985

L'Or du diable
théâtre
L'Harmattan, 1985

Fils du chaos
roman
L'Harmattan, 1986

Chronique d'une journée de répression
L'Harmattan, 1990

Mali : ils ont assassiné l'espoir
Réflexion sur le drame d'un peuple
essai
L'Harmattan, 1990

Un appel de nuit
théâtre
Lansman, 1995 et 2004

Le Caïman, le Chasseur et le Lièvre
contes illustrés
Alyssa, 2001

L'Assassin du Banconi
suivi de L'Honneur des Kéita
roman
Gallimard, « Série noire », 2002

Les Mondes dogon
(catalogue réalisé sous la dir. de Moussa Konaté et Michel Le Bris)
Hoëbeke, 2002

Sur les petites routes de la démocratie
(en coll. avec Clôde de Guise-Dussault)
essai
Écosociété, 2005

Khasso
théâtre
Éditions théâtrales, 2005

La Malédiction du lamantin
Fayard, 2009
et « Points Policier », n° P2321

Les Orphelins d'Allah
Le Bruit des autres, 2009

L'Afrique noire est-elle maudite ?
Fayard, 2010

Meurtre à Tombouctou
Métailié, 2014
et « Points Policier », n° P4088

IMPRESSION : CPI FRANCE
DÉPÔT LÉGAL : MAI 2007. N° 91792-7 (2025159)
IMPRIMÉ EN FRANCE

Éditions Points

Le catalogue complet de nos collections est sur Le Cercle Points, ainsi que des interviews de vos auteurs préférés, des jeux-concours, des conseils de lecture, des extraits en avant-première…

www.lecerclepoints.com

Collection Points Policier